# 토머스 신상 파일

# 토머스 신상 파일

다비드 무아테 지음 | 이세진 옮김

라임

차례

# 악몽 같은 밤

어딘가에서 빠드득빠드득 귀에 거슬리는 소리가 자꾸 들렸다. 토머스는 한참 지나고 나서야 그 소리가 자기 입에서 난다는 걸 깨달았다. 너무 추웠다. 나무집 안의 온도계는 2도를 가리켰다. 이곳에 온 지도 이미 몇 시간이 지났다. 곰삭은 나무판자에 뚫린 구멍 틈새로 집이 보였다.

난방이 잘되는 아늑한 방과 폭신한 침대가 코앞에 있었지만, 토머스는 나무집 안에서 오들오들 떨고 있을 수밖에 없었다. 너무 무서워서 꿈쩍할 수가 없었다. 그들이 어둠 속에 숨은 채 자신이 나오기만을 기다리고 있다는 생각만으로도 오금이 저렸다.

어제저녁에 '단비' 같은 깡촌에서는 도저히 있을 수 없는 일이 벌어졌다. 단비는 몬태나주에서도 완전 구석에 처박힌, 인구가 2,000명밖에 되지 않는 작은 마을이다. 주위는 온통 끝없이 펼쳐진 숲과 목초지뿐이었다. 그래서인지 사람보다 소가 훨씬 더 많았다. 자연을 사랑하는 이들에게는 지상 낙원이 따로 없겠지만, 열여섯 살 청소년에게는 지루하다 못해 괴로운 곳이었다. 도시 구경이라도 하려면 80킬로미터나 떨어진 그레이트폴스로 나가야 했다.

저녁 8시, 식탁 위에는 냉랭한 침묵이 감돌았다. 얼마 전부터 부모님과 토머스 사이에 싸늘한 기류가 흐르고 있었다. 토머스는 파스타를 허겁지겁 먹으며 부모님의 대화를 듣는 둥 마는 둥 했다. 두 분이 뭘 물어볼 때만 겨우 입을 열었다. 부루퉁한 표정을 짓고는 있었지만 딱히 화가 나거나 불만이 있는 건 아니었다.

아버지가 석간신문이 아직 오지 않았다고 불평하는 순간, 초인종이 요란하게 울렸다. 아버지가 현관으로 나가 문을 열었다. 곧이어 덩치 좋은 사내 두 명이 주방으로 들어섰다.

"토머스, 그레이트폴스에서 경찰이 널 찾아왔는데……."

토머스는 눈썹을 찡그린 채 두 사람을 빤히 쳐다보았다. 한 사람은 키가 크고 어깨가 떡 벌어져 마치 미식축구 선수 같았다. 강청색의 작은 눈이 범상치 않은 분위기를 풍겼다. 토머스는 지레 겁이 났다. 털어서 먼지 안 나는 사람이 어디 있을까? 지금껏 소소하게 규칙을 어긴 적은 있지만 경찰이 출동할 만한 일을 한 적은 없었다.

토머스는 그 옆의 경찰에게로 시선을 옮겼다. 마찬가지로 체격이 좋았다. 아까 그 경찰보다는 키가 좀 작았고, 턱에서 귀까지 길게 흉터가 있었다. 양복을 차려입은 두 경찰은 여차하면 토머스를 잡아채서 교도소에 처넣기라도 할 것처럼 위압적인 분위기를 풍겼다. 토머스는 겁먹은 내색을 하지 않으려 애썼다.

"커피라도 한잔 드릴까요?"

그때 어머니가 조심스럽게 물었다. 그럴 만한 상황이 아닌데도 친절하게 손님을 응대하려는 모습이 딱 어머니다웠다.

"말씀은 고맙지만 사양하겠습니다. 토머스 핸들, 맞지?"

얼굴에 흉터가 있는 경찰이 토머스에게 물었다.

"아……, 네."

"2007년 6월 20일 오후 5시 30분, 그레이트폴스 시립 병원 산부인과 출생이 맞고?"

토머스가 입을 다문 채 물끄러미 쳐다보자 어머니가 대신 답했다.

"네, 맞아요. 그런데……."

그 순간 모든 게 엉망이 되었다. 키 작은 경찰이 총을 꺼내 들더니 어머니에게 두 발을 연달아 쏘았다. 아버지는 지금 무슨 일이 일어나고 있는지 깨달을 겨를조차 없었다. 키 큰 경찰이 개머리판으로 아버지를 후려쳐 쓰러뜨리고는 곧장 사살했기 때문이다.

"너는 우리랑 간다."

키 작은 경찰이 토머스에게 명령하듯이 말했다.

토머스는 옴짝달싹할 수 없었다. 부모님을 구하려는 반사적인 몸짓조차 불가능했다. 손가락 하나 까딱하지 못한 채 바닥에 쓰러진 어머니의 몸 주위로 핏물이 퍼져 나가는 걸 바라보고만 있었다. 너무나 큰 충격을 받은 나머지, 어떻게 해야 할지 몰라 얼떨떨하기만 했다. 키 큰 경찰이 토머스를 잡아끌며 집 밖으로 나가더니, 자기네가 타고 온 소형 트럭 앞으로 걸어갔다. 그때 마침 길 위에 자동차 한 대가 나타났다. 경찰이 눈살을 찌푸리며 토머스의 옆구리에 총부리를 들이밀었다.

"잔머리 굴릴 생각 하지 마!"

옆구리가 아파서였을까? 아니면 도망쳐야 한다는 생각이 들어서였을까? 그 순간, 토머스는 무감각 상태에서 벗어났다. 아드레날린이 확 솟구치면서 이렇게 넋 놓고 있다가는 목숨이 날아갈지도 모른다는 위기감이 느껴졌다.

경찰이 지나가는 자동차 쪽으로 고개를 돌렸다. 1초가 될까 말까 한 찰나의 순간, 토머스는 자신만의 특별한 능력을 발휘했다. 그리하여 경찰이 다시 고개를 돌렸을 때는 이미 그 자리에 없었다.

잠시 후 토머스는 나무집에 숨어서 두 남자가 싸우는 광경을 지켜보았다. 키 작은 경찰이 키 큰 경찰을 호되게 질책했다. 그들은 한참이나 손전등을 이리저리 비추면서 정원을 샅샅이 뒤졌다. 하지만 아무 흔적도 찾지 못했다.

그때 이웃집에서 현관 조명등이 켜지자 급히 손전등을 껐다. 개가 낑낑대는 소리가 들렸다. 벤 할아버지가 여느 날과 마찬가지로 폭스테리어를 산책시키러 나온 모양이었다. 할아버지는 귀가 어두워 토머스 집에서 울린 총소리를 듣지 못한 듯했다.

살인범들은 서둘러 집 안으로 들어갔다. 토머스는 이 틈에 멀리 도망쳐야 할지 고민이 되었지만, 거실 커튼 너머로 부산스럽게 오가는 그림자들을 보고선 섣불리 용기를 내지 못했다.

벤 할아버지가 산책을 마치고 집으로 들어가자 다시 주위가 깜깜해졌다. 살인범들은 토머스 부모님의 시체와 커다란 여행용 가방들을 소형 트럭에 실었다. 그러고는 손전등을 켜지 않은 채 어둠 속에서 정원을 수색하더니 나무집 앞까지 성큼 다가왔다. 토머스는 두려움에 사로잡혀 온몸이 부들부들 떨렸다.

바로 그때, 벤 할아버지가 현관문을 열고 밖으로 나왔다.

"거기 누구요? 토머스냐?"

토머스는 아무 대답도 할 수 없었다. 하지만 할아버지가 자신의 목숨을 구한 것만은 분명했다. 살인범들은 풀숲으로 잽싸게 몸을 숨겼다가, 할아버지가 집 안으로 들어가자마자 다시 토머스네 집으로 들어갔다. 잠시 후, 키 작은 경찰이 밖으로 나와 토머스네 자동차 운전석에 앉았다. 그러자 키 큰 경찰이 소형 트럭으로 가서 운전대를 잡았다.

그들이 떠난 후, 토머스는 자신의 뺨을 아프게 꼬집었다. 혹시 나쁜 꿈을 꾼 건 아닐까? 부모님이 눈앞에서 살해당하다니! 구역질이 치밀어 오르면서 토할 것만 같았다. 머리부터 발끝까지 온몸에 경련이 일었다. 이제 다시는 부모님과 이야기를 나눌 수도, 두 분을 끌어안을 수도 없다고 생각하자 정말이지 미칠 것만 같았다. 지난 3주일 동안 두 분과 제대로 된 대화를 나눈 적이 없었다. 그걸 깨닫는 순간, 목구멍으로 울음이 차올랐다. 그러면서도 끊임없이 머릿속을 맴도는 의문이 하나 있었다.

'그들은 왜 갑자기 나타나 부모님을 무참히 살해한 걸까? 최근에 집안 분위기가 싸늘했던 것과 관련이 있을까? 아니면 나의 특별한 능력 때문인 걸까?'

토머스는 까무룩 잠들었다가 몸서리를 치면서 깨어났다. 창문 너머로 햇볕이 따갑게 내리쬐었다. 눈이 부시다 못해 아팠다. 끔찍한 악몽을 꾸었다. 살인마들이 집에 쳐들어와 부모님을 살해하는…….

시끄러운 새소리가 고막을 때렸다. 그제서야 자신이 방이 아니라 나무집에 있다는 걸 깨달았다. 발치에는 어제저녁에 아버지가 찾던 신문이 놓여 있었다. 바보 같은 배달부 래리가 아버지를 골탕 먹이려고 일부러 여기에 놓아둔 모양이었다.

토머스는 비닐에 싸인 〈그레이트폴스 뉴스〉를 가만히 바라보았다. 아버지가 이 신문을 영원히 읽지 못할 거라고 생각하자 울컥하고 슬픔이 밀려와 목이 메었다. 그와 동시에 허기와 메스꺼움이 일면서 위장을 쥐어짜는 듯한 통증이 느껴졌다. 토머스는 심호흡을 하고서 마음을 진정시키려 애썼다.

창문 너머로 들판에 드리운 햇살을 바라보았다. 당장 나가서 따뜻한 햇볕을 쬐고 싶었다. 새파랗게 언 손을 맞비볐다. 이곳에서 빨리 나가지 않으면 얼어 죽고 말 것이다. 어젯밤까지만 해도 어둠을 틈타 도망칠 생각이었는데, 기회를 엿보다가 자신도 모르게 그만 선잠이 들고 말았다. 날이 환하게 밝은 터라 멀리 달아난다고 해도 뒤쫓는 이들에게 들킬 위험이 컸다.

그들은 벤 할아버지 때문에 서둘러 자리를 피했지만, 멀리 가지 않고 어딘가에 숨어서 토머스가 나타나기만을 기다리고 있을 터였다. 눈에 띄지 않게 움직이려면 숲으로 들어가야 하는데, 그러려면 적어도 500미터 이상은 걸어야 했다. 토머스는 한숨을 푹 내쉬었다.

몇 시간이 지났을까? 아무것도 하지 않고 어두워지기만을 기다리는 게 이토록 힘들 줄이야. 어젯밤에 일어난 일을 생각하지 않으려고 애를 썼지만, 긴장이 조금만 풀려도 피범벅이 된 채 누워 있는 아버지와 어머니의 모습이 떠올랐다. 머릿속을 맴도는 의문들이 컴컴한 소용돌이가 되어 자신을 집어삼키는 것만 같았다.

진정하자, 생각을 정리하자, 구체적인 일에 집중하자……. 토머스는 아버지의 조언을 기억하면서 마음을 가다듬은 뒤 계획을 세우기 시작했다. 일단 따뜻한 옷가지와 배를 채울 음식이 필요했다. 그러자면 위험을 무릅쓰고라도 다시 집 안으로 들어가야만 했다. 이 상태로 하룻밤을 더 버티는 것은 불가능했다.

그다음에는 어디로 가야 하지? 시작부터 막다른 골목이었다. 토머스에게는 부모님 외에 친척도, 다짜고짜 찾아갈 수 있는 친구도 없었다. 갑자기 숨이 막히도록 외로웠다. 매년, 아니 일 년에 두 번이나 전학을 다닌 적도 있으니까 친구를 사귈 틈이 없긴 했다. 하지만 이렇게까지 철저하게 혼자인 줄은 몰랐다. 굳이 꼽자면 재크가 있긴 하지만, 친구라고 하기에는 뭔가 부족한 느낌이었다.

재크와는 한 달쯤 전에 처음으로 이야기를 나누었다. 학교 수업을 마치고 늘 다니던 지름길로 집에 가다가, 난처한 상황에 빠져 있는 재크와 우연히 마주쳤다. 녀석은 덩치가 큰 형들에게 두들겨 맞고 있었다. 비록 키는 160센티미터밖에 되지 않아도 몸무게만큼은 남부럽지 않은 체격이었지만, 자기보다 20센티미터는 더 큰 상대와 맞서기에는 무리가 있었다. 그것도 둘씩이나. 그래도 녀석은 악바리처럼 잘 싸웠다. 토머스는 도와줘야 할지 말아야 할지 고민하느라 잠깐 망설였다. 끝내 나서지 않고 그저 멀찍이서 그 상황이 끝나기만을 기다렸다.

말썽 일으키지 말 것, 항상 뒤로 물러나 있을 것. 이것이 바로 토머스의 신조였다. 정확히는 부모님이 주입한 거지만.

'또 이사 가고 싶지 않으면 튀는 행동을 하지 마.'

그 신조를 지키기 위해 재크가 두들겨 맞는 꼴을 그냥 보고만 있었다. 녀석들은 재크를 흠씬 두드려 패고서 땅바닥에 버려둔 채 멀어져 갔다. 그때만 해도 토머스는 재크를 못 본 체하고 갈 길을 가려고 했다.

"고맙다."

등 뒤에서 소리가 들렸다. 토머스는 깜짝 놀라 뒤를 힐끗 돌아보았다.

"도와줘서 고맙다고."

재크가 웃으며 덧붙였다. 토머스는 그 속에 담긴 빈정거림을 그제야 눈치챘다.

"아, 미안해. 나하고 상관없는 일에 끼어들지 말자는 주의라서."

재크는 시퍼렇게 멍이 든 뺨을 손으로 문지르면서 일으켜 달라는 듯이 다른 쪽 손을 내밀었다. 녀석의 빙글거리는 미소 때문이었을까? 아니면 지극히 나쁜 상황에서도 의연히 버티는 모습 때문이었을까? 토머스는 그냥 지나치지 못하고 재크의 손을 잡고 말았다.

이윽고 재크는 자리에서 일어나 옷을 툭툭 털고는 긴 금발 머리를 매만지며 토머스를 찬찬히 바라보았다. 마치 상형 문자를 맨 처음 발굴한 고고학자처럼 진지한 눈초리였다.

"넌 사람 사귀는 재주가 영 없구나?"

"응, 너 혼자서도 상대를 잘하는 것 같길래……."

토머스가 어깨를 으쓱하자 재크가 웃음을 터뜨렸다.

"아까 그 두 놈 말하는 거야?"

토머스가 고개를 끄덕이자 재크가 말했다.

"아니, 그건 경우가 다르지. 그런 건 진짜 인간관계가 아니잖아. 그냥 열등한 족속과의 소통을 시도해 본 거라고나 할까……? 수의사가 소를 붙잡고 어디가 아픈지 물어보는 격이지, 뭐."

토머스는 슬며시 미소를 지었다. 재크는 계속 주저리주저리 떠들었다.

"맥 태비시 형제들이야. 달리기를 엄청 잘해. 그건 인정해 줘야지. 그래서 골치 좀 아프단 말이야. 놈들에게서 도저히 도망칠 수가 없거든."

"그 형들은 너를 왜 괴롭히는데?"

"아, 특별한 이유는 없어. 둘이서 우리 반의 릴리를 계속 놀리길래……. 아, 릴리가 누구인지는 알아?"

"여자애라는 건 알아."

"조금 뚱뚱한 여자애야. 그래, 고양이를 고양이라고 부르는 게 무슨 잘못이겠어? 하지만 통통한 체형이 죄는 아니잖아? 그래서일까? 난 릴리가 놀림을 받으면 덩달아 기분이 나빠져. 아주 거지 같거든. 맥 태비시 형제는 태어날 때 벽에다 머리통을 세게 부딪혔나 봐. 그 충격으로 뇌 손상을 입은 게 틀림없다니까. 그 자식들은 정말……."

"너는 위험한 걸 좋아하는 모양이구나?"

토머스가 한마디 했지만 재크는 아랑곳하지 않았다.

"내가 그 자식들의 지적 능력을 과소평가했어. 너무 멍청해서 내 교묘한 농담을 이해하지 못할 줄 알았거든. 아니면 내 농담이 그다지 교묘하진 않았나?"

토머스는 다시금 미소를 지었다.

"음, 나는 재크 몰로이야."

재크가 제대로 인사를 나누자는 듯 손을 내밀었다.

"난 토머스 핸들이야."

"만나서 반가워. 그런데 지난 한 달 동안 네가 누구랑 말하는 걸 못 본 것 같아."

"나는 남의 눈에 띄는 걸 싫어하거든."

"응, 그런 것 같더라. 그런데 아무하고도 말을 하지 않으면 오히려 더 눈에 띄어. 신비감은 호기심을 부르는 법이거든."

"아, 신비감이고 뭐고 없어. 그냥 아버지 직장 때문에 이사를 많이 다닌 것뿐이야. 친구를 사귈 만하면 헤어지게 되니까, 나중에는 친구를 사귈 의욕이 아예 없어지더라고."

"아버지가 무슨 일을 하시는데?"

"통신 회사에서 측정하는 일을 하셔. 그래서 전국을 떠돌며 살아."

재크의 눈동자에 의심의 빛이 잠시 떠올랐지만, 이내 고개를 끄덕이고서 더는 캐묻지 않았다.

그날부터 토머스는 학교에서 재크와 어울려 제법 많은 시간을 보냈다. 그러나 이런 상황에서 찾아가기에는 애매한 사이였다. 그래도 지금 녀석 말고는 도움을 청할 사람이 아무도 없었다.

토머스는 조그만 소리에도 바짝 긴장하면서 나무집 벽의 틈새로 주변을 살폈다. 침착하게 밤이 오기를 기다렸지만 시간은 매우 더디게 흘렀다. 그러다 문득 신문에 눈길이 갔다. 비닐을 벗기고 신문을 읽기 시작했다.

3분의 1은 지역 소식이었다. 1면에는 그레이트폴스에서 실종된 청소년이 멀리 떨어진 숲에서 시신으로 발견된 사건이 대서특필되어 있었다. 기사 말미에는 SNS 사진과 이웃들의 무미건조한 증언이 덧붙어 있었다.

그다음에는 열흘간 혼수상태에 빠져 있던 전 복싱 세계 챔피언 제임스 보이드가 끝내 사망했다는 기사가 실려 있었다. 도시 초입에 제임스가 운영하는 식당이 있었는데, 그곳에서 일어난 난투극이 원인이었다. 그레이트폴스처럼 외딴 도시에 복싱계의 전설이 정착하는 일은 흔치 않았다. 그런 인물이 급작스럽게 사망하는 일은 더욱더 흔치 않았고.

토머스는 제임스가 여러 명에게 공격을 받았을 거라고 짐작했다. 그게 아니고서야 세계 챔피언이 그렇게 무참히 당할 리가 없었다. 두 발로 서지도 못할 만큼 술을 퍼마셨으면 또 모를까? 하긴 몬태나주에서도 가장 후미진 이 동네에 술 말고 다른 낙이 있을 턱이 없었다. 토머스는 이어서 다른 기사를 훑어보았다.

**〈워킹 데드〉 팬이 만취 상태에서 친구를 좀비로 착각해 살해하다!**

드라마 과몰입과 과음이 그레이트폴스의 한 젊은이를 비극으로 내몰았다. 스물세 살의 피의자 데이먼 페리는 술을 마시다가, 친구가 좀비로 '변신'하는 모습을 목격하고는 그가 죽을 때까지 때렸다고 자백했다. 데이먼은 친구가 자신을 깨물려고 했기 때문에 부엌칼과 전자 기타, 그리고 전자레인지를 마구 휘둘러 상대방을 제압할 수밖에 없었다고 토로한 것으로 알려졌다.

여기 사람들은 대체 뭐가 문제일까? 토머스는 고개를 절레절레 흔들며 다음 기사로 시선을 옮겼다.

**평생 잊지 못할 생일 파티**

지난 3월 18일, 숀 터랠라는 여덟 살 생일 파티에 이모 제니퍼를 초대했다. 숀은 이모가 도착하자 기쁜 마음에 들입다 품으로 달려들었다. 그 서슬에 넘어진 제니퍼는 손목뼈가 부러지는 부상을 입었다. 그녀는 조카를 고소하면서 손해 배상금으로 12만 7,000달러를 청구했다. 제니퍼의 변호사는 '여덟 살 아이라고 해도 그런 식으로 사람에게 달려들면 상대방에게 심각한 피해를 입힐 수 있다는 걸 미리 알았을 것.'이라며 고소를 취하할 생각이 없다고 못 박았다.

그때 자동차 엔진 소리가 들리더니 낯선 차가 집 앞에 멈춰 섰다. 토머스는 몸을 한껏 웅크린 채 누가 왔는지 지켜보았다. 어머니가 이 동네로 이사 와서 새로 사귄 알마 아주머니였다. 아주머니의 남편은 단비의 읍장이었다. 기억을 더듬어 보니, 오늘 오후에 어머니들끼리 테니스 약속이 있었다.

토머스는 갑자기 심장이 쿵쾅거렸다. 아주머니에게 도움을 청할 수 있을지도 몰랐다. 서둘러 나무집에서 나가려는 순간, 길 위쪽에 정차해 있는 검은색 세단이 눈에 들어왔다. 처음 보는 차였다. 차창이 짙은 색으로 선팅되어 있어서 내부가 보이지 않았다. 토머스는 걸음을 멈추고 조심스레 바깥을 주시했다. 알마 아주머니가 현관문을 세차게 두드리더니 휴대폰을 꺼내서 전화를 걸었다.

"수전, 나 알마야. 이거 듣거든 전화 좀 해 줘. 오후에 같이 테니스 치기로 했잖아. 꼭 연락 줘. 걱정되니까……. 안녕."

알마 아주머니는 마지막으로 한 번 더 현관문 앞에 가 보고는 자신의 차 쪽으로 돌아섰다. 지금이 아니면 영영 기회가 없을 듯했지만 검은색 세단이 마음에 걸려 움직일 수가 없었다. 토머스는 그 남자들을 다시 만날지도 모른다는 생각만으로도 온몸이 얼어붙었다.

결국 알마 아주머니는 가 버렸고, 검은색 세단은 그 자리에서 꼼짝하지 않았다. 토머스는 밤이 올 때까지 기다리기로 마음먹고서 다시 신문을 읽기 시작했다. 조금이라도 다른 데 신경을 쏟아야 견딜 수 있을 것 같았다.

그레이트폴스 북부에서 고양이 50여 마리가 독극물을 먹고 사체로 발견되었다는 기사를 읽었다. 다음은 3주 전 폐쇄된 상점 안에서 발견된 여성 시신에 대한 기사였다. 이름은 샐리 스펠먼, 17년 전에 가출한 뒤로 행방불명되었다나? 부검 결과, 사망 직전에 상점 안에서 출산을 한 것으로 추정되었다. 희생자의 과거에 대한 몇 가지 정보와 함께 수사과장 줄리아 르클레르크의 인터뷰가 실려 있었다. 수사과장은 희생자에게 무슨 일이 있었는지 알아낼 확률이 희박하다는 점을 에둘러 인정했다. 토머스는 왠지 모르게 부모님의 죽음이 떠올라 신문을 황급히 넘겼다.

부들부들 떨리는 손을 진정시키려 애쓰며 지역 행사 홍보 지면을 살펴보았다. 햄버거 많이 먹기 대회, 우량 호박 대회, 그 외 인근 교육 기관에서 주최한 빙고 대회같이 시시한 것들뿐이었다.

대체 왜 이런 촌구석으로 이사를 온 걸까? 토머스는 이전에도 몇 번이나 부모님에게 물었다. 어차피 매년 이사를 다니는데 몬태나주의 한갓진 시골로만 돌아야 한다는 법이 어디 있냐고……. 그때마다 부모님은 다른 곳은 절대로 안 된다고 펄쩍 뛰면서 그레이트폴스에서 멀리 벗어나지 않으려 했다.

신문에는 파머코프 연구소 창립 40주년 기사도 실려 있었다. 그 연구소는 이 지역에서 가장 큰 일자리 중 하나였다. 설립자인 키스 해링턴이 딸과 함께 건배하는 사진도 보였다. 1988년에 찍은 사진으로, 열 살 남짓한 소녀가 어린아이 특유의 해맑은 표정을 지으며 카메라를 바라보고 있었다. 기사는 기업의 연혁을 늘어놓으며, 이 지역이 파머코프에 얼마나 큰 신세를 졌는지 강조했다. 실제로 이 지역 젊은이들의 야망이라고 해 봐야 파머코프사의 공장이나 자회사에 취직하는 것 정도였다. 토머스는 부모님이 살해당하지 않았다면 자신의 진로 역시 마찬가지였을 거라고 생각했다.

검은색 세단은 아직도 그 자리에 서 있었다. 토머스는 한숨을 내쉬고 신문을 한 장 넘겼다. 지역 신문과는 어울리지 않게 국제 정세 기사도 있었고, 뜻밖의 놀라운 질문도 있었다.

'올해 가장 많이 인쇄된 책은 무엇일까?'

최신 베스트셀러 아니면, 〈해리 포터〉 시리즈 작가인 J. K. 롤링의 신작이 아닐까? 좀 더 생각해 보니 전 지구적 차원에서는 더 보편적이고 심오한 책일 가능성이 높을 것 같았다. 아무래도 성경일 듯했다. 하지만 여태까지 1억 부를 찍었다는 성경도 2위에 그쳤다. 놀랍게도 1위는 1만 6,000부가량을 찍어 낸 이케아 카탈로그였다.

다음 기사에는 농약 업계를 선도하는 기업들이 연구진에게 자기네 회사 농약을 먹어도 죽지 않게끔 꿀벌의 유전자를 변형해 달라고 요구했다는 내용이 실려 있었다. 황당하다 못해 무섭기까지 했다.

토머스는 아까보다 더 황망한 기분으로 신문을 덮었다. 해가 완전히 지려면 아직도 두 시간은 더 있어야 했다. 이 막막한 시간에 과연 끝이 있긴 한 걸까? 이때까지만 해도 토머스는 자신의 머릿속을 꽉 메운 의문에 대한 해답이 대부분 신문 기사 속에 있다는 사실을 알지 못했다.

# 수상한 실험

사건 발생 보름 전, 미국 워싱턴주 시애틀.

키스 해링턴은 긴장을 늦추기 위해 숨을 크게 들이마셨다. 회사의 미래가 걸린 자리였다. 그는 시애틀에서 가장 높은 타워의 50층에서 도시가 한눈에 내려다보이는 통유리창 앞에 선 채 손님들을 맞이했다. 사근사근한 미소와 몸에 두른 명품 양복으로도 손님들의 진짜 얼굴을 가리지는 못했다. 그들은 도시 전체를 주무르고 있는 범죄 조직의 우두머리들이었기 때문이다. 그들을 한자리에 불러 모아 놓고 자축하는 자리였다. 이제 자신의 발견이 얼마나 중요한 것인지, 또 그들의 제국에 어떤 이익을 안겨 줄 것인지 설득력 있게 전달하는 일만 남아 있었다.

"오늘 이 자리에 참석해 주셔서 감사합니다. 모두 각자의 영역에서 차근차근 계단을 밟아 올라오면서 활동 반경을 넓혀 오신 줄 압니다. 지난번 모임에서 다른 도시의 경쟁자들이 대거 넘어오는 바람에 고충이 많다고 말씀해 주셨습니다. 폭력 조직들이 점점 과격해지는 데다 잠시도 공격을 멈추지 않아서 사업에 지장을 받고 있다고요."

그때 풍채가 좋고 머리가 희끗희끗한 남자가 키스 해링턴의 말을 끊더니 불만스런 투로 말했다.

"우린 강연을 들으러 온 게 아니올시다. 본론만 말해요."

키스 해링턴은 부드럽게 미소를 지어 보였다. 닐 클라크에게 밉보였다가는 언제 쥐도 새도 모르게 골로 갈지 몰랐다. 닐은 몇 년 전부터 시애틀에서 거래되는 마약 한 톨까지 독점하고 있는 거물이었다.

"네, 선생님. 잘 알겠습니다. 오늘 저녁에 제가 준비한 걸 보시면 합류하고 싶어지실 겁니다. 아, 여러분 모두 실험에 투입할 부하 한 명을 저희 쪽에 보내 주셨지요? 싸움에 능하고 체격 조건이 좋아야 한다고 말씀드렸습니다. 여섯 명 가운데서 단 한 명만 실험에 참가할 수 있습니다. 이제 제비를 뽑겠습니다. 앞에 놓여 있는 쪽지에 부하의 이름을 적어 두었으니 확인 부탁드립니다."

고개를 끄덕이는 사람도 있었고, 의심스러운 시선을 보내는 사람도 있었다.

"이 쇼가 반드시 성과를 거두길 바랍니다."

왜소한 체격의 리드먼이 협박조로 말했다. 누구도 이 허약해 보이는 사내가 워싱턴주 전체의 불법 도박 산업을 휘어잡고 있다고는 상상할 수 없을 것이다.

"이제 쪽지를 이 모자 안에 넣어 주십시오."

키스 해링턴은 곧 모자 속에서 쪽지 하나를 뽑아 호명했다.

"클라이드 호너."

"내 부하로구먼. 미리 말해 두자면 특출한 인재는 아니지만 믿음직한 놈이올시다."

닐이 호기롭게 덧붙였다.

키스 해링턴은 회의실 한쪽 벽을 차지하고 있는 대형 스크린의 전원을 켰다. 화면 속에서 거물들이 보낸 부하 여섯 명이 트럭 짐칸처럼 생긴 곳에 일렬로 서 있었다.

"여기서 수백 킬로미터 떨어진 몬태나주 그레이트폴스에서 전송하는 실시간 동영상입니다."

키스 해링턴의 설명이 끝나자 화면 가장자리에 서 있던 사람이 큰 소리로 이름을 불렀다.

"클라이드 호너!"

클라이드가 한 발짝 앞으로 나왔다. 키스 해링턴의 수하가 말했다.

"즉시 이 알약을 삼키고 트럭에서 내리세요. 저기 식당에서 남자가 한 명 나올 겁니다. 우리와 만나기로 약속이 되어 있습니다. 그 사람이 오늘을 평생 잊지 못할 만큼 확실하게 혼을 내 주시오."

클라이드가 망설이는 듯하자 그의 보스가 한마디 했다.

"시키는 대로 하게, 클라이드."

클라이드는 곧장 알약을 삼키고 트럭에서 내렸다.

이윽고 스크린이 3분할 화면으로 바뀌면서 각기 다른 세 가지 시점을 보여 주었다. 첫 번째 카메라는 클라이드를 따라갔고, 두 번째 카메라는 식당 입구를 비추었으며, 마지막 카메라는 전체적인 원경을 잡았다.

여섯 명의 마피아는 스크린에서 눈을 떼지 못했다. 키스 해링턴은 그들의 주의력을 완전히 휘어잡았다고 속으로 쾌재를 불렀다. 이제 결정적인 순간이 올 터였다.

잠시 후 식당에서 한 남자가 나오더니 주차장에 서 있는 클라이드에게 다가갔다. 분할 화면 중 하나가 남자의 얼굴을 클로즈업했다.

"제기랄! 지금 장난해?"

닐 클라크가 외쳤다. 다른 마피아들도 비슷한 반응이었다.

키스 해링턴은 자신이 연출한 장면을 뿌듯하게 바라보며 말했다.

"그레이트폴스는 저희 회사의 소재지입니다. 그리고 전직 복싱 선수로서 세계 챔피언까지 올랐던 제임스 보이드가 식당을 차린 곳이기도 하지요."

닐이 노발대발했다.

"클라이드보고 세계 챔피언과 주먹다짐을 하라는 거요? 돌았구먼! 아예 자살을 하라고 그러지, 왜? 나는 내 부하가 시체로 돌아오기를 원치 않소!"

키스 해링턴이 차분하게 대꾸했다.

"조금만 기다려 보십시오."

화면 속의 두 남자는 실랑이를 하는 것 같더니 점점 분위기가 험악해졌다. 이내 몸싸움에 돌입했다. 제임스는 정확하고 날렵한 동작으로 클라이드에게 연달아 주먹을 날렸다. 사람들의 예상과 달리, 클라이드는 스트레이트와 훅을 제법 잘 피하면서 상대에게 강력한 펀치를 날렸다.

그 결과 제임스가 일방적으로 두들겨 맞으면서 줄 떨어진 꼭두각시처럼 흐느적대기 시작했다.

제임스는 클라이드가 내지른 마지막 어퍼컷에 저만치 날아가더니 보도에 머리를 퍽 소리 나게 부딪히며 힘없이 쓰러졌다. 제임스가 미동도 없이 뻗어 버리자 클라이드는 놀란 눈으로 자기의 주먹을 내려다보았다. 자신이 한 일이 믿기지 않는 눈치였다.

두 남자의 싸움은 불과 30초 만에 끝났다. 곧 여기저기에서 질문이 쏟아지기 시작했다.

"챔피언에게 약물이라도 먹였소?"

"아닙니다."

"제임스 보이드를 닮은 사람을 데려다 놓은 건 아니고?"

"그럴 리가요."

"그럼 대체 무슨 속임수를 쓴 거요?"

"속임수가 아닙니다. 저희 회사는 아주 오랫동안 인간의 뇌가 지닌 잠재력을 집중적으로 연구했습니다. 인간의 DNA 중에서 98퍼센트는 유전 정보를 암호화하지 않은 비암호화 DNA입니다. 유전 정보가 없어서 정크(쓰레기)라는 이름이 붙여지기도 했지만, 최근 들어 유전자 발현에서 중요한 역할을 한다는 사실이 밝혀져 주목받고 있지요. 저희는 비암호화 DNA의 일부를 활성화할 수 있는 방법을 찾았습니다. 저희가 개발한 알약 덕분에 클라이드의 신체 반응 속도와 완력이 몇 배 증가한 겁니다. 효과는 대략 두 시간 정도 지속됩니다. 부작용은 일절 없고 중독도 되지 않습니다. 그 약을 어떻게 요긴하게 쓸지 상상해 보시지요.

앞에 놓인 서류철에 약의 가격도 제시되어 있습니다. 눈이 튀어나올 만큼 높은 금액인가요? 맞습니다. 하지만 방금 보셨듯이, 효과는 돈값을 하고도 남을 겁니다."

키스 해링턴은 손님들이 자신의 제안을 살펴볼 수 있도록 잠시 시간을 주었다. 그때 뒤쪽에서 문이 살짝 열리더니 그의 오른팔이라고 할 수 있는 부하의 얼굴이 어른거렸다. 키스 해링턴은 불만스러운 듯이 미간을 찌푸리며 문쪽으로 성큼성큼 다가갔다.

"여길 왜 기웃거려? 방해받고 싶지 않다고 분명히 일렀는데!"

키스 해링턴이 목소리를 낮추어 꾸짖자 얼굴에 긴 흉터 자국이 있는 부하가 속삭이듯이 대답했다.

"경찰에 심어 둔 끄나풀에게서 연락이 왔습니다."

"그게 뭐가 급해? 오늘 저녁에 사활을 건 프로젝트가 있는 거 몰라? 여기 모인 분들이 우리의 VIP 고객이 될 거라고……."

그는 조심스럽게 고개를 돌려 손님들이 서류철에 푹 빠져 있는 걸 확인했다.

"그래서 급히 알려야 할 일이 뭐야?"

"경찰이 시신으로 발견된 여자의 부검 보고서를 받았답니다. 샐리가 맞대요."

"사망 원인은?"

"출산 후유증이라고 합니다. 아기는 흔적도 없이 사라졌고요."

키스 해링턴은 이 정보의 파급력을 생각해 보았다.

"일단 할 수 있는 건 다 해 봐. 우리가 경찰보다 먼저 알아내야 해."

"네, 보스."

그러고는 다시 기세등등한 표정으로 뒤돌아섰다. 가슴이 쿵쾅쿵쾅 뛰었다. 손님들이 그에게 주문서를 내밀었다. 이보다 더 좋은 날이 있을까?

"이제 함께 축배를 들 시간이 된 것 같군요."

키스 해링턴이 프랑스산 고급 샴페인의 마개를 따며 말했다.

# 일가족 실종 사건

팀 던컨 경감은 센트럴 경찰서 지하 2층에 있는 자신의 방에서 마카롱을 바라보느라 여념이 없었다. 마카롱을 1밀리미터 오차도 없이 반듯하게 정렬하고는 의자 등받이에 몸을 기댔다. 모든 것이 더할 나위 없이 완벽했다. 이윽고 맞은편 벽에 걸린 시계를 쳐다보았다. 마카롱을 한 시간에 한 개만 먹기로 규칙을 정해 두었기에 정오의 휴식 시간까지 버텨야 했다. 책상 위의 사건 파일들을 무심하게 들춰 보는 둥 마는 둥 하면서.

'한때는 요 두 개로는 어림도 없을 만큼 일에 미쳐 있었더랬지.'

경감은 그 시절을 씁쓸하게 회상했다. 그때는 지금처럼 배가 나오지도 않았고, 셔츠 단추가 샴페인의 코르크 마개처럼 당장이라도 날아갈 듯 위태로워 보이지도 않았다. 그때 문소리가 둔탁하게 들려 퍼뜩 상념에서 깨어났다. 이 방에 누군가 찾아오는 것은 그리 흔한 일이 아니었다. 경감은 포동포동한 얼굴의 경위 두 사람을 언짢은 표정으로 올려다

보았다. 경감의 후임으로 그레이트폴스 경찰서의 범죄 수사과 과장이 된 줄리아 르클레르크의 직속 부하들이었다. 이 멍청한 애송이들이 무슨 일로 여기까지 내려왔을까?

"경감님, 안녕하세요. 잘 지내시죠?"

"많이 바쁘시진 않죠?"

두 사람은 주거니 받거니 하며 말을 걸었다. 경감은 대꾸하지 않고 그들이 어서 용건을 밝히기를 기다렸다.

"아니, 글쎄……. 경감님이 신문에 났더라고요!"

키 큰 경위가 말했다. 곧이어 책상 위에 문제의 기사가 실린 신문이 툭 떨어졌다. '그레이트폴스 북부에서 고양이 50여 마리가 독극물을 먹고 사체로 발견되었다'는 기사였다. 경찰의 지지부진한 대응에 참다못한 주민들이 직접 의용대를 조직할 예정이라는 내용이 눈에 들어왔다. 의용대라……. 경감은 피식 웃고 말았다.

"경감님도 참 별종이에요. 다른 사람 같았으면 창피해서 죽으려 했을 텐데."

경감이 미소 띤 얼굴로 두 경위를 쳐다보았다.

"나만 신문에 실린 것도 아닌걸, 뭐. 친구에게 맞아 죽은 그 젊은이 건은 어떻게 되어 가고 있지?"

그러나 경위들이 대답하기도 전에 뒤에서 줄리아 과장의 호리호리한 실루엣이 먼저 나타났다.

"더럽게 좋은 질문이네. 15분 전부터 너희를 찾고 있었는데 여기에서 어물쩍대고 있다니. 지금 눈썹이 휘날리게 일하고 있어야 할 시간 아니야?"

줄리아 과장이 호통을 치자 경위들이 움찔하며 주눅 든 표정으로 상관을 바라보았다. 그들이 조심스레 자리를 피하는 동안 경감과 줄리아 과장은 서로를 빤히 바라보며 기 싸움을 했다. 둘 다 길게 말하는 걸 좋아하는 부류는 아니었다.

"우리 애들이 까불었지? 미안……."

"신경 쓸 것 없어. 어차피 귀담아듣지도 않는걸."

잠시 침묵이 감돌았다.

경감은 줄리아 과장의 표정을 읽으려고 애썼다. 뭔가 할 말이 있어 보였다. 과장은 사십 대 후반인데도 대단한 미인이었다. 몸에 익은 자제력이 때때로 엄격한 인상을 풍겼지만 섬세한 이목구비가 눈에 확 띄었다. 경감이 그녀와 함께 그레이트폴스 경찰서에서 일한 지는 17년이 넘었다. 그동안 경감은 그녀의 표정 읽는 법을 깨우쳤다.

"하고 싶은 말이 있는 눈치네. 까놓고 말해 봐."

"아냐, 아무것도."

"말하라고."

줄리아 과장이 멈칫하더니 조심스럽게 물었다.

"요즘 거울은 보고 살아?"

경감은 대답 대신 어깨를 으쓱해 보였다.

"팀, 난 당신을 마음 깊이 존경해. 내가 아는 건 모두 당신과 솔에게서 배웠어. 당신은, 아니 과거의 당신은 더럽게 훌륭한 경찰이었다고. 온종일 도넛을 집어 먹으면서 빈둥대는 뚱보 사내가 지금까지 나를 키워 낸 그 경찰이라고 생각하면 마음이 지랄맞게 힘들어."

"이건 도넛이 아니라 마카롱이야. 프랑스 과자지. 그리고 전에도 똑같은 얘길 한 적이 있어. 뭐, 고맙게 생각해."

경감은 아무 감정도 내비치지 않은 채 덤덤하게 대꾸했다.

"팀, 도대체 얼마나 더 이렇게 처박혀 있을 거야?"

과장이 비난조로 말하자 경감이 자리에서 벌떡 일어났다.

"내가 여기에 처박혀 있는 게 서장 때문이라는 걸 또 말해 줘야 하나? 나는 여기에 짱박아 달라고 요구한 적 없어! 동료가 척수에 총을 맞고 평생 휠체어 신세를 지게 된 것도 내가 바랐던 일은 아니야. 애초에 놀런 서장이 지원군도 없이 우리만 달랑 거기에 보내지 말았어야 했다고! 나는 그 사실을 대놓고 지적한 걸 후회하지 않아. 그래서 좌천된 것도!"

"나도 같은 생각이야. 다들 그렇게 생각한다고. 우라질! 솔이 그렇게 된 거, 나도 당신 못지않게 마음 아파. 하지만 그게 당신이 막사는 이유가 돼?"

"서장이 사건 같지도 않은 것만 주잖아. 내가 어떻게 하길 바라? 서장 앞에 납작 엎드려 위층에서 근무하게 해 달라고 애걸복걸이라도 할까? 솔의 불행은 막을 수 없는 일이었다고 동네방네 떠들고 다닐까? 웃기지 마! 차라리 여기서 마카롱이나 먹으면서 늑장 부리기를 예술의 경지로 승화해 보이겠어!"

"팀, 서장도 지금 죽을 맛일 거야. 인맥을 동원해 자리는 보전한다고 해도 절대 영웅은 될 수 없지. 서장은 애가 셋이야. 그 상황에서는 누구라도 그런 선택을 했을 거야."

"나라면 안 그래."

"어쩌면 그렇겠지. 하지만 당신도 현장에 출동해서 크게 실수한 적이 있잖아. 우리는 그때 당신의 과오를 덮어 줬어."

"그 일과는 달라."

"그렇게 우기면 더 이상 할 말이 없어."

사무실 안에 기나긴 침묵이 감돌았다. 줄리아 과장이 방을 나가기 전에 마지막으로 한마디 덧붙였다.

"당신이 관심이 있을지 모르겠지만, 우리는 요즘 일에 치여 죽을 지경이야. 인력을 충원해야 해. 서장이 조금 전에 날 부르더니 촌구석 마을의 실종 사건을 맡겼어. 내 밑에 있는 애들은 이미 벌어진 사건 조사로 정신이 하나도 없고. 당신도 얘기는 들었지? 그러니까 이 땅굴에서 나갈 마음이 있다면 언제든 얘기해. 당신을 수사팀에 복귀시키는 것까지 서장이 딴지를 걸지는 못하게 막아 줄 테니까."

경감은 닳아빠진 의자에 풀썩 주저앉았다. 과장의 말이 그의 머릿속에 서서히 독을 퍼뜨리고 있었다. 그녀의 말이 사실이라는 걸 확인하기 위해 굳이 거울을 들여다볼 필요는 없었다. 현재의 자신은 과거의 그림자에 지나지 않았으니까.

체중은 20킬로그램이나 불었고, 눈빛은 흐리멍덩해졌다. 그에게 직장 생활이란 과자를 입안에 처넣기 위해 시간이 흐르기를 기다리는 일이 전부라 해도 과언이 아니었다. 너무 비참해서 울어도 시원찮았지만, 2년 전부터 그는 내면에서 솟구쳐 오르는 자기혐오를 분노로 억눌렀다. 그것은 먹먹하고 차가우며 통제하기 힘든 감정이었다.

그도 얼마나 노력했는지 모른다. 하지만 매일 저녁 퇴근길에 솔을 만나러 요양원의 문을 밀고 들어갈 때면 분노를 억누르려는 노력이 폭풍 속의 모래 한 톨처럼 맥없이 날아가 버렸다. 오랜 친구가 휠체어에 앉아 간신히 고개만 움직이는 모습을 보고 있노라면 속에서 열불이 나서 견딜 수가 없었다.

경감은 눈을 감고 두 사람 사이로 총알이 쌩쌩 날아들고 화약 냄새가 진동하던 그 순간으로 되돌아갔다. 사방에서 파편이 튀어 날아다녔고, 먼지와 석고 가루가 구름처럼 퍼졌다. 그들은 운이 없었다. 둘 다 그 자리에서 죽을 수도 있었지만, 운명의 신은 다른 결정을 내렸다. 경감은 퍼붓는 실탄 사이를 기적적으로 빠져나갔지만, 솔의 가슴팍으로 파고든 쇠붙이는 척수에 탁 박혀 버렸다. 자욱하던 먼지가 가라앉을 즈음, 적들은 도심으로 도주했다. 뒤늦게 지원군이 도착했을 때는 이미 돌이킬 수 없었다. 총탄이 박힌 위치가 워낙 안 좋았다. 결국 솔은 영원히 걸을 수 없게 되었다.

경감은 눈을 번뜩 뜨고 머리를 마구 흔들었다. 그 몇 분의 시간을 기억에서 지워 버리기란 불가능했다. 그렇다고 온종일 지하에 처박혀 지내는 것도 더는 못할 짓이었다. 이번에는 줄리아 과장의 말을 듣기로 했다. 그는 자리에서 일어나 힘겹게 발걸음을 내딛었다. 자존심을 접고 서장실의 문을 두드리기 위해서였다.

"들어와요."

서장의 목소리가 들려왔다. 경감은 숨을 크게 들이마신 뒤 떨리는 손으로 문손잡이를 잡아 비틀었다. 놀런 서장과 침착하게 대화를 나눌 수 있을까? 장담할 수 없었다.

"아, 경감이군. 앉게."

"아뇨, 그냥 서서 말하겠습니다."

"그래, 무슨 일이지? 뭔가 원하는 거라도 있나?"

경감의 머릿속에서 거친 말들이 소용돌이치기 시작했다.

'원하는 거? 있다마다. 상사가 좀 덜 멍청한 인간이었으면 좋겠어. 그랬다면 내 동료가 요양원에 처박혀 있지 않아도 됐을 거야. 지금도 나랑 손발 맞춰 일하고 있었을 거라고.'

경감은 다시 숨을 들이마셨다. 감정이 북받쳐서 제대로 말을 할 수 있을까 싶었다. 서장은 눈썹 하나 까딱하지 않았다.

"요즘 사건이 아주 많다고 들었습니다."

경감이 우물거리며 말을 꺼냈다.

"자네도 하나를 맡고 있는 걸로 아는데……."

경감은 도전적인 눈빛으로 서장을 바라보며 이름 하나를 입 밖으로 내뱉었다.

"데이비드 마호니."

"누구?"

"데이비드 마호니. 고양이를 죽이고 다니는 놈의 이름이에요. 쥐약에 담근 닭고기 조각으로 고양이들을 독살했습니다."

"확실한가?"

"그자가 닭고기 조각을 놓는 현장을 찍은 사진이 있습니다."

"어째 어제오늘 사진을 찍은 건 아닌가 본데?"

"좀 됐습니다. 사건을 맡고 나서 이틀 만에 범인의 신원을 알아냈으니까요."

"그렇다면 2주일 전에 범인을 소환할 수 있었다는 말이군. 그사이에 귀여운 고양이들이 얼마나 많이 죽었는지 생각해 봤나?"

"전 고양이를 싫어합니다. 어릴 때 심하게 물린 탓에 트라우마가 있거든요."

"얼마나 많은 아이들이 반려동물을 잃고 눈물을 흘렸을지는?"

"애들도 싫어합니다. 몹시 시끄러운 데다 알아서 할 수 있는 일이 별로 없고, 지적으로 흥미롭지 않기 때문입니다."

"좋아, 고양이와 주인에 대한 반감은 그렇다 치자고. 왜 범인을 알아냈는데도 빨리 보고하지 않았지?"

"그렇게 흥미로운 사건을 또 맡고 싶지 않았기 때문일 겁니다. 고양이 독살 사건 직전에 맡았던 할머니의 핸드백 도난 사건도 아주 흥미로웠지요. 치매 할머니가 벤치에 핸드백을 올려놓고는 거기가 자기 집 화장실 변기라고 생각하고 실례를 한……. 여기까지만 하겠습니다. 더 말할 필요가 있나요?"

"그쯤 했으면 됐네. 용의자 신문을 직접 맡을 생각은 없고?"

"그보다는 줄리아 과장을 돕는 편이 나을 것 같습니다. 세 건이나 되는 살인 사건을 동시에 수사하려면 여간 힘들지 않을 겁니다."

서장이 경감을 아래위로 훑어보았다. 왠지 주저하는 듯 보였다.

"마침 단비에서 심상치 않은 실종 사건에 대한 보고가 들어왔어. 경감이 가서 한번 봐 줬으면 하네."

경감은 눈썹을 꿈틀거렸다. 덥수룩한 머리 모양 때문에 숱 많은 눈썹을 씰룩이는 모습이 흡사 낮잠을 방해받은 회색곰 같았다. 그는 생각에 깊이 빠질 때면 곧잘 그런 표정을 짓곤 했다. 이곳에서 80킬로미터나 떨어져 있는 촌구석에서 일어난 사건을 맡기다니! 속이 부글부글 끓었다. 서장이 시비를 거나 싶었다.

"서장님, 지금 저에게 농담을 하신 거라면……."

"아니, 심각하게 볼 만한 사안이야. 일가족이 연락 두절 상태로 자취를 감췄는데 수상한 점이 아주 많아."

"실례지만 그 마을에도 보안관이 있을 텐데요?"

"내 지인이 수사관을 보내 달라고 요청했네. 마을의 보안관이 감당할 수 있는 사건이 아니라면서……."

경감은 입을 꾹 다물었다.

"이 일을 해결하면 다음에 맡길 사건을 생각해 보겠네. 줄리아 과장 쪽에 인력 충원이 정말로 시급하기도 하고."

경감은 투덜거리듯이 시큰둥하게 물었다.

"주소가 어떻게 됩니까?"

경감은 사건 파일을 집어 들고 잠시 서장을 바라보았다. 놀런 서장은 키가 작고 머리가 나이에 비해 일찍 벗겨진 편이었다. 그는 서장의 금테 안경 너머로 드리운 다크서클을 눈여겨보았다. 면도한 지 이틀은 된 것 같았다. 오른 무릎을 쉴 새 없이 떠는 것만 봐도 극심한 스트레스가 짐작되었다. 휴지통에 종이컵이 그득했다. 셜록 홈스가 아니어도 현재 서장이 똥줄 타는 상황이라는 걸 충분히 추리할 수 있었다. 이러한 발견은 그에게 희미하게나마 기쁨을 안겨 주었다. 하마터면 미소를 지을 뻔했지만 간신히 참았다.

경감은 서장실을 나오다 말고 뒤를 돌아보았다.

"다른 용건이라도 있나?"

"음, 솔의 일은 영원히 용서할 수 없다는 말을 꼭 하고 싶었습니다."

"알고 있어. 나 또한 자네가 수단과 방법을 가리지 않고 내 경력을 말아먹으려고 했던 걸 영원히 용서할 수 없다는 말을 돌려주고 싶군."

그는 서장의 말에 고개를 끄덕였다. 일 대 일, 무승부였다. 지금 당장은.

경감은 일부러 쾅 소리가 나도록 문을 닫고는 주차장으로 향했다. 가는 길에 로빈인지 롤린인지……, 하여간 아침부터 찾아와 시비를 걸었던 경위와 마주쳤다. 녀석이 뒤를 돌아보며 큰 소리로 외쳤다.

"어이, 다들 주목해! 이게 꿈이야, 생시야? 우리 경찰서에서 감쪽같이 사라졌던 사람을 방금 본 것 같아! 팀 경감님이 지하실에서 나왔어!"

조심스럽게 킥킥대는 소리가 들렸다. 경감이 눈을 번뜩이며 경위에게 다가서자 웃음소리가 쏙 들어갔다. 다들 경감이 미치광이라는 것을 알고 있었다. 나이를 쉰다섯 살이나 먹었고, 예전보다 20킬로그램이 늘었지만 여전히 만만한 상대는 아니었다. 키가 2미터에 육박하는 데다 몸무게는 100킬로그램이 넘는 거구였으니까.

경감이 바짝 다가오자 젊은 경위의 얼굴색이 변했다. 그는 애송이의 코앞에 주먹을 들이대고는 털이 부숭부숭한 가운뎃손가락을 힘차게 들어 보였다. 주변에서 또다시 웃음이 터져 나왔지만, 경감은 아랑곳하지 않고 생각에 잠긴 채 계단을 내려갔다.

'단비는 이제껏 한 번도 가 본 적이 없는 것 같은데…….'

## 출생의 비밀

해가 서산 너머로 지기 시작했다. 지평선에 드문드문 햇살이 남아 있었지만 잠시 후면 천지에 어둠이 깔릴 터였다. 토머스는 꽁꽁 언 몸을 문지르며 때가 되었다는 생각을 했다. 몇 번이나 은신처에서 나갈까 망설였지만 그놈의 검은색 세단 때문에 불안해서 그럴 수가 없었다. 그들은 더 이상 토머스를 찾지 않을지도 몰랐으나 생존 본능은 각별히 조심해야 한다고 경고했다. 그야말로 인생에서 가장 긴 하루였다.

토머스는 움직이기 전에 머릿속으로 동선을 그려 보았다. 일단 집으로 들어가 지하실에서 배낭과 캠핑용 버너, 그리고 통조림을 몇 개 챙길 계획이었다. 침낭과 두툼한 점퍼, 저금통에 모아 둔 돈도 가지고 나와야 했다. 그다음에는 재크네 집으로 가서 도움을 청할 수 있는지 알아볼 생각이었다.

아까 낮에 알마 아주머니가 보안관과 함께 집 앞으로 왔을 때 밖으로 나갔어야 했던 게 아닐까? 아버지는 빌 팩스턴 보안관을 두고 이 마을의 회고록 그 자체라고 했다. 나이가 어찌나 많은지 보안관 제복이 그를 지탱하고 있는 것처럼 보일 정도였다. 보안관은 한참 동안 현관문을 두드려 보더니 결국 유리창 하나를 부수고 집 안으로 들어갔다. 토머스는 터질 것 같은 심장을 부여안고 그 상황을 지켜보았다. 보안관이 금방 밖으로 나와 지원군을 요청할 거라고 예상하면서…….

그러나 잠시 후 밖으로 나온 보안관과 알마 아주머니의 표정에는 별다른 변화가 없었다. 집 안에서 특별히 이상한 점을 발견하지 못한 듯했다. 이윽고 그들은 아무렇지 않게 자리를 떠났다. 그토록 참혹한 범죄 현장을 그냥 지나치다니!

토머스는 보안관의 무능함에 참을 수 없는 분노를 느끼다가 전날의 일들을 다시 떠올려 보았다. 살인범들은 제법 오랜 시간 동안 집 안에 머무르다가 떠났다. 아마추어가 아니니 뒷수습을 한 거겠지. 그래서 보안관과 알마 아주머니가 수상한 점을 발견하지 못한 것이다.

토머스는 벽의 틈새에 한쪽 눈을 대고 바깥을 살펴보았다. 구름이 수줍은 달빛을 가리고 있었다. 어둠을 틈타 '그 능력'을 사용하면 집에 들어가는 것도 문제없을 터였다. 발소리를 죽인 채 나무집 밖으로 나와 50미터 정도 떨어진 집까지 사력을 다해 이동했다.

집 안으로 들어간 뒤에는 불을 켜지 않고 계획한 동선대로 움직였다. 지하실에서 배낭과 침낭을 챙기는 건 어렵지 않았지만, 몇 년에 한 번 쓸까 말까 한 캠핑용 버너는 몇 번의 실패 끝에 가까스로 찾았다. 배낭에 버너를 넣으면서 라비올리 통조림도 세 통 집어넣었다. 그러고는 지하실을 나와 계단을 올라왔다.

구름 사이로 은은한 달빛이 비치자 주방이 어슴푸레하게 밝아졌다. 예상대로 바닥에 핏자국이라고는 전혀 찾아볼 수 없었다. 갑자기 전날의 기억이 되살아났다. 부모님이 쓰러져 있던 자세와 총성, 피……. 머리가 핑 도는 것 같았다. 토머스는 쓰러지지 않기 위해 얼른 조리대를 붙잡았다. 빨리 이곳을 벗어나야 했다. 목숨이 달린 일이었다.

다리를 비틀대며 이층으로 향했다. 그동안 모아 둔 용돈이 요긴할 터였다. 계단이 삐걱거리지 않도록 조심해서 발을 옮겼다. 다섯 번째 계단은 특히 더 주의했다. 부모님 몰래 밖에 나갈 때면 늘 다섯 번째 계단을 건너뛰었는데……. 또다시 딱딱하게 굳은 부모님의 얼굴이 머릿속에 아른거렸다. 토머스는 몸서리를 치면서 계단을 마저 올라갔다.

방에 들어가 옷장을 열어 보니 안이 텅 비어 있었다. 살인범들이 옷가지와 여행용 가방을 가져간 것이다. 가족이 여행을 떠난 것처럼 보이게 하려는 수작이겠지. 등줄기를 타고 서늘하게 소름이 돋았다.

다행히 책상 위의 저금통은 제자리에 있었다. 플라스틱 뚜껑을 열고 힘겹게 손가락을 집어넣어 지폐를 꺼내려고 씨름하는데 밖에서 자동차 엔진 소리가 들려왔다. 토머스는 타이어가 끼익하고 자갈길을 긁는 소리에 저금통을 내던지고 창가로 다가갔다.

검은색 세단인 줄 알고 잔뜩 긴장했는데 다행히 보안관의 순찰차였다. 보안관은 혼자가 아니었다. 곰과 전과범을 합쳐 놓은 듯이 험악하게 생긴 거구의 사내가 차에서 힘겹게 몸을 빼냈다. 그는 집을 물끄러미 바라보다가 문득 토머스 방의 창 쪽으로 고개를 돌렸다. 토머스는 간발의 차로 몸을 숨겼다. 그자의 눈에 띄고 싶지 않았다. 그들이 집으로 다가오는 발소리에 이어 문을 두드리는 소리가 났다.

"계십니까? 보안관입니다. 안에 누구 있습니까?"

"그레이트폴스 경찰입니다. 안으로 들어가겠습니다."

보안관에 이어 거구의 사내가 말했다. 토머스는 이를 악물었다. 살인범들도 자기네가 그레이트폴스 경찰이라고 했다!

두 사람은 집 안으로 들어와 불을 켰다. 토머스는 심장이 어찌나 거세게 뛰는지 그들의 귀에까지 소리가 들릴까 봐 겁이 났다. 1초도 허투루 보낼 수 없었다. 창문으로 도망칠까 잠시 생각했지만 3미터 높이에서 뛰어내리고도 무사할 자신이 없었다. 어디에 숨어야 할지 막막했다. 이층에 갇혀 있는 한 능력을 발휘할 수도 없었다. 다른 방법이 없었기에 일단 침대 밑에 들어가 숨을 죽였다.

팀 경감은 그레이트폴스를 벗어나 단비에 도착하자마자 곧장 지구대를 찾았다. 예상대로 아주 작은 시골 마을이었다. 저녁 일곱 시밖에 되지 않았는데도 거리에 사람이 없어서 유령 마을처럼 보였다. 보안관에게 용무를 밝히자 잠시 쏘아보다가 길게 한숨을 쉬고는 반들반들한 맨머리에 모자를 얹었다.

"읍장 마누라는 자기가 뭐라도 되는 줄 안다니까!"

보안관은 이렇게 투덜거리고는 경감을 쳐다보았다.

"갈까요?"

경감은 아무 말도 하지 않고 고개를 끄덕였다.

"당신, 뒷말 옮기는 사람은 아니겠지요?"

보안관이 순찰차에 올라 시동을 걸며 한마디 툭 던졌다.

"굳이 그럴 필요가 없다면요."

"내가 얘길 좀 하면 불편하시려나?"

보안관은 경감이 어깨를 으쓱해 보이자 하고 싶은 말을 해도 된다는 뜻으로 받아들인 모양이었다.

"내가 괜한 자존심을 내세우는 게 아니라고요. 알마가 서장에게 연락해서 당신을 여기까지 오게 한 건 월권 아닙니까?"

경감은 딱히 반응하지 않았다.

"안 그래도 알마의 전화를 받자마자 핸들 부부의 집에 가 봤지만 수상한 점은 하나도 없었거든요. 지금 그 집 식구들이 식탁에 둘러앉아 있으면 당신은 헛걸음만 한 셈이라고요. 내 일을 트집 잡으러 오는 것보다 다른 할 일이 많았을 텐데 말이오."

이윽고 순찰차가 속도를 늦추더니 작은 돌이 깔린 길에 멈춰 섰다. 지구대에서 핸들 부부의 집까지는 3분밖에 걸리지 않았다.

"여깁니까?"

"네, 집 예쁘지요?"

"이 집의 차는 뭡니까?"

"가정용 라이트밴인데, 지금은 안 보입니다."

경감은 주위를 쓱 둘러보고는 집 안에 주의를 집중했다. 순간적으로 이층에서 뭔가가 움직이는 듯해서 눈살을 찌푸렸지만 결국은 아무것도 없었다. 그는 보안관을 따라 집 안으로 들어갔다.

"그럼, 살펴보시구려."

경감은 조심스럽게 집 안을 살폈다. 자그마한 실내는 포근하고 아늑해 보였다. 모든 것이 제자리에 있었고, 창문 아래 흩어진 유리 조각들을 제외하면 몸싸움의 흔적도 보이지 않았다.

"유리창은 보안관님이 깨뜨린 것 맞지요?"

"그래요, 알마가 꼭 집 안에 들어가 확인을 해 봐야 한다고 해서……. 핸들 부부가 나에게 손해 배상을 청구하지는 않았으면 좋겠구려."

"읍장 부인은 왜 그렇게 걱정을 하는 겁니까?"

"핸들 부인하고 테니스를 치기로 했다나 봐요. 약속 장소에 오지 않아서 전화를 했는데 계속 연결이 안 되더랍니다. 그래서 직접 찾아와 봤고요."

"그런데 일가족이 사라졌다……."

"그렇습니다."

경감은 집 안을 꼼꼼히 살펴보았다. 주방 선반 위에 가족사진이 놓여 있었다. 소파 가운데 아들을 앉힌 뒤 부부가 양옆에 앉아서 찍었다. 아들은 열대여섯 살쯤 되어 보였다.

'마치 연쇄 살인범처럼 방긋방긋 웃고 있군.'

경감은 아이들을 좋아하지 않을뿐더러 사춘기 청소년이라면 치를 떨었다. 불만만 끝없이 많은 데다 휴대폰을 손에서 뗄 줄 모르는 여드름투성이 녀석들. 까놓고 말해서 자신의 일을 제외하면 딱히 좋아하는 게 없기도 했지만. 경감은 냉장고가 텅 비어 있는 걸 확인한 후 지하실로 향했다. 잠시 후 다시 올라와 현관 옆 수납장을 열어 보았다. 옷걸이에 걸려 있어야 할 외투나 여행용 가방 따위가 하나도 보이지 않았다. 사방을 샅샅이 살펴보았지만 휴대폰이나 신분증, 핸드백도 없었다.

경감이 현장 조사를 끝낼 무렵에 보안관이 다가와 물었다.

"형씨 생각은 어떻소?"

"이층엔 뭐가 있습니까?"

"방이 있지."

경감이 계단을 올라가면서 물었다.

"핸들 일가와는 잘 아는 사이입니까?"

"별로 그렇지는 않소. 몇 달 전에 우리 마을로 이사 왔거든요. 뭐, 문제를 일으킨 적 없는 수수한 사람들이오. 그들에 관해서는 나보다 읍장 부인이 더 잘 알 거요. 핸들 부인하고 죽이 맞아 금방 친해진 것 같습디다. 도시 출신 여자들끼리 통하는 게 있는지……."

"핸들 부인이 도시 출신이라는 걸 어떻게 알았습니까?"

보안관이 어깨를 으쓱하며 경감을 안내했다.

"안방을 보시구려."

침대 주위에는 책이 잔뜩 꽂힌 책장이 있었고, 벽에는 유명 화가의 복제화가 걸려 있었다. 경감이 보안관을 돌아보았다.

"당신도 알겠지만 단비 주민의 4분의 3은 몇 년 동안 책 한 권 안 읽고도 잘만 살지. 일단 나부터도 그런걸. 그러니까 놀라는 척하지 마시오."

경감은 옷장을 열어 보고 안이 비어 있는 걸 확인했다.

"아들 방도 마찬가지였소. 아무래도 갑자기 여행을 떠난 게 아닌가 싶소만."

"아들 방을 볼 수 있을까요?"

"물론이오."

토머스 방에 들어간 경감은 조금 놀랐다. 이 일을 하면서 봐 온 사춘기 소년들의 방과는 사뭇 달랐다. 일단 인기 가수나 운동선수의 포스터가 없었다. 비교적 잘 정돈되어 있는 데다 책이 굉장히 많았다.《쉽게 이해하는 양자 물리학》,《현실을 넘어서》,《천체 여행》,《생각의 힘》……. 마치 도서관의 과학 분야 서가에 와 있는 듯한 기분이 들었다.

"어린 친구가 왜 이런 걸 본담?"

경감이 중얼거리자 보안관이 물었다.

"뭐라고 했소?"

"아니, 아무것도 아닙니다."

보안관이 말한 대로, 토머스의 옷장에도 옷이 거의 없었다. 책상 위에는 인터넷 케이블이 그대로 노출돼 있었고, 조금 떨어진 곳에 노트북이 놓여 있었다. 저금통도 있었는데 동그랗게 말린 10달러짜리 지폐 몇 장이 입구 틈새에 끼어 있었다.

"음, 읍장 부인에게는 그레이트폴스에서 오신 유능한 경찰관이 미스터리를 해결했다고 말해야 하나?"

보안관이 구시렁거렸다. 경감은 지금까지 수집한 정보를 머릿속에 정리하며 입을 열었다.

"핸들 일가가 도주한 것처럼 보이는군요. 뭐, 돌아올 예정으로 어딜 간 것 같긴 한데……. 그렇더라도 그들의 실종이 범죄 행위와 관련이 없다고 단정 짓기도 어려워 보입니다."

보안관 얼굴에 의기양양한 표정이 떠올랐다.

"마을에 요기를 할 수 있는 가게는 이미 다 문을 닫았겠지요?"

"그럴 겁니다."

경감은 인상을 찌푸렸다. 배에서 꼬르륵 소리가 났다. 한 시간을 달려 그레이트폴스로 가야만 기름진 햄버거를 먹을 수 있을 터였다. 단비 출장은 좋은 기억으로 남을 것 같지 않았다.

경감은 그가 순찰차에 오르던 순간, 창문 너머로 한 소년이 자신을 노려보고 있는 줄은 꿈에도 생각하지 못했다.

토머스는 현관문이 닫히는 소리를 듣자마자 침대 밑에서 튀어나왔다. 보안관과 경찰이 방 안에 들어왔을 때 꼼짝없이 들키는 줄 알고 졸아 있었지만, 다행히 침대 밑까지 들여다보지는 않았다. 그레이트폴스에서 온 경찰이 부모님을 죽인 자들과 한패라면 연기력이 정말 대단하다는 생각이 들었다. 혹시 모르는 일이니 위험을 무릅쓸 순 없었다. 그레이트폴스에 가서 그가 살인범들과 관련이 있는지 알아봐야만 했다.

토머스는 순찰차가 길모퉁이로 사라진 것을 확인한 후 저금통 입구에 끼어 있던 지폐를 챙겨서 뒷문으로 나왔다. 거리 저편에 아직도 정차해 있는 검은색 세단과 최대한 거리를 두고 움직였다. 집을 빽빽하게 둘러싼 수풀이 몸을 숨긴 채 이동하는 데 크게 도움이 되었다. 가시덤불이나 뾰족한 나뭇가지가 청바지를 뚫고 살을 찌를 때면 절로 욕이 나올 뻔했다. 하지만 이를 악물고 참았다. 재크네 집은 3킬로미터쯤 떨어진 곳에 있었다.

적막한 밤길에 바스락거리는 소리가 요란하게 울려서 계속 뒤를 돌아보았다. 살인범들이 따라오고 있을 것만 같아 두려움에 배 속이 꼬이는 듯했다. 하지만 틀림없이 혼자였다. 혼자 남겨진 것이다. 문득 몇 주 전에 부모님과 다툰 일이 떠올랐다.

3주일 전, 과학 수업 시간의 일이었다. 재크가 하도 익살을 부려서 토머스는 배를 잡고 킬킬대며 웃었다. 원래는 과학 과목을 좋아했다. 그래서 수업에 집중하는 편이지만 그날은 뭔가 좀 달랐다. 유전 단원을 배우는 중이었다.

“간단히 말해서 인간은 22쌍의 상염색체와 성별을 결정하는 1쌍의 성염색체를 가지고 있습니다. XX 염색체를 가지면 여자가 되고, XY 염색체를 가지면 남자가 되지요. 성별을 좌우하는 두 염색체는 부모로부터 하나씩 받게 됩니다. 각 염색체에는 일정한 수의 유전자가 있어요. 유전자는 유전적 특성을 전달하는 역할을 합니다. 여기까지 다들 이해했나요?”

토머스 뒤에 앉은 학생이 질문했다.

“유전자가 뭘 하는데요?”

“키, 몸무게, 머리 색깔, 눈동자 색깔, 그 외에 눈에 띄지 않는 여러 가지 특성을 결정해요.”

선생님이 답하자 재크가 손을 번쩍 들고 물었다.

“그럼 어머니가 검은 머리칼이고 아버지가 금발이라면, 검은색과 금색이 섞인 머리칼의 아이가 태어나나요?”

아이들이 깔깔거리며 웃음을 터뜨렸다. 과학 선생님은 노여워하지 않고 너그럽게 대답했다.

"머리색이나 눈동자 색깔 같은 특정한 형질에 영향을 주는 게 바로 대립 유전자예요. 예를 들어 눈동자 색깔 유전자에는 파란색, 갈색, 초록색 등 여러 가지가 있어요. 여기서 열성 유전자는 다른 열성 유전자와 결합할 때만 발현이 됩니다."

선생님이 '열성'이라는 생소한 단어를 내뱉는 순간, 그나마 수업을 듣던 학생들의 절반 이상이 흥미를 잃었다.

"파란색 눈동자 유전자가 그래요. 파란색 눈의 대립 유전자와 갈색 눈의 대립 유전자가 만나면, 갈색이 우성이기 때문에 반드시 갈색 눈이 되지요."

수업을 귀 기울여 듣고 있던 사티아가 질문을 했다. 사티아의 눈은 짙은 갈색이었다.

"그럼 저는 파란색 눈의 아이를 가질 수 없나요?"

"경우에 따라 달라요. 사티아에게는 갈색 눈 대립 유전자 외에도 파란색 눈 대립 유전자가 있을지도 모르니까요. 만약 파란색 눈 대립 유전자가 있다고 가정해 봅시다. 어른이 되어 파란색 눈을 가진 남자를 만나 아이를 갖게 된다면, 그 아이가 파란색 눈일 확률은 50퍼센트가 되겠지요. 하지만 사티아에게 갈색 눈 대립 유전자만 두 개 있다면, 아이가 파란색 눈으로 태어날 확률은 없어요. 이해가 됐나요?"

사티아가 고개를 끄덕였다. 토머스는 갑자기 가슴이 세차게 뛰면서 숨이 가빠 왔다. 부모님 두 분 모두 눈동자 색깔이 여름 하늘처럼 새파

랬지만 자신의 눈동자는 새까만 색이었기 때문이다. 토머스는 약간 흥분한 상태로 손을 들어 질문을 했다.

"부모님이 모두 파란색 눈이면 반드시 파란 눈의 아이가 태어나는 게 맞나요?"

그러면서 난생처음으로 선생님의 설명을 잘못 이해한 것이기를 바랐다.

"맞아요. 정확히는 그렇게 되지 않을 확률도 100분의 1 정도로 미미하게나마 있긴 합니다. 눈동자 색깔은 사실 여러 가지 유전자에 의해서 결정되거든요. 자연은 매우 복잡다단해요. 예외 없는 규칙이란 없지요. 어쨌든 토머스가 유전의 원리를 잘 이해한 것 같아서 기쁘네요."

더 이상 긴 말이 필요 없었다.

선생님은 단 몇 마디 말로 토머스가 부모님의 친자일 확률이 1퍼센트밖에 안 된다고 말해 준 셈이었다. 토머스는 불과 몇 초 사이에 과학 선생님이 엄청 싫어졌다. 교실 뒤쪽을 돌아보니, 재크는 여전히 장난을 치고 있었다. 다른 애들처럼 재크의 익살이나 지켜볼걸. 뭘 얻겠다고 이 거지 같은 수업을 열심히 들은 걸까? 순식간에 머릿속에 오만 가지 의문이 생겨나더니 쓸데없는 의문이 슬그머니 끼어들었다.

'나는 입양된 걸까? 아니면 어머니가 아버지 몰래 바람을 피워 낳은 걸까? 그렇다면 상대는 누구일까? 아버지도 이 사실을 알고 있을까?'

토머스는 냅다 소리를 지르고 싶은 충동에 휩싸였다. 수업을 마치는 종이 칠 때까지 꿋꿋이 버티다가 학교가 끝나자마자 서둘러 집으로 돌아갔다. 부모님에게 어떻게 물어야 할지 줄곧 생각하면서. 하지만 막상

두 분과 맞닥뜨리자 여과되지 않은 말이 불쑥 튀어나왔다.

"혹시 저, 입양아예요?"

부모님은 말없이 서로의 얼굴을 마주 보았다. 석연치 않은 침묵이 흘렀다. 그것이 많은 것을 말해 주었다. 토머스의 추측이 맞아떨어진 것이다. 눈물 한 방울이 뺨을 타고 또르르 흘러내려 바닥에 떨어졌다. 그 눈물방울에는 분노와 절망이 응축되어 있었다.

어머니가 힘겹게 입을 열었다.

"설명하자면 좀 복잡해……."

토머스는 '복잡하다'는 단어가 마음에 들지 않았다.

"지금 설명해 주세요."

"그럴 수 없어. 다만 우리가 너를 진심으로 사랑한다는 것만은 알아 줘. 네가 그 사실을 어떻게 알았는지 모르겠지만 거짓말을 하진 않을게. 우리는 너의 생물학적 부모가 아니야. 하지만 너는 우리 아들이고, 앞으로도 그 사실은 변하지 않아."

"왜 이렇게 오랫동안 속였어요? 입양아라고 왜 애초에 말해 주지 않았냐고요!"

부모님은 또다시 불편한 시선을 주고받았다.

"공식적으로 입양한 게 아니라서 그래. 토머스, 미안하지만 그 이상은 말해 줄 수 없어."

토머스는 부모님이 거짓말을 한 것보다 이런 상황에서조차 설명을 거부하는 태도에 더 화가 났다.

그 후의 나날은 분노 어린 침묵과 소득 없는 말다툼의 연속이었다. 부모님이 아무 설명도 해 주지 않았기 때문에 토머스는 속으로만 끙끙거려야 했다. 그래서 지난 3주일 동안 다정한 말 한마디 건넨 적이 없었다. 이제 두 분은 세상을 떠났다. 토머스가 얼마나 사랑하는지도 모른 채.

음침한 밤의 기운이 온몸을 감쌌다. 너무 괴로운 나머지 부모님과 함께 죽지 못한 것이 애석하게 느껴질 지경이었다. 그 순간, 저만치에 재크네 집이 보였다. 자신을 도와줄 수 있는 단 한 사람. 정신을 바짝 차리고 이 비극과 맞서 싸워야 했다.

토머스는 잘 다듬어진 전나무 울타리를 따라 대문 앞까지 걸어갔다. 불 켜진 거실에서 재크가 남동생의 머리를 툭 치고 지나가는 모습이 창문 너머로 보였다. 몇 미터만 더 가면 유일한 친구를 만날 수 있을 터였다. 그래서 급히 길을 건너려고 하는데 빨간색 점 같은 것이 눈에 띄었다. 누군가 50미터가량 떨어진 도롯가에 차를 세운 채 담배를 피우고 있었다.

토머스는 얼른 뒤로 물러서서 어둠 속에 몸을 숨겼다. 자신이 갈 만한 장소에서 기다린다는 것은 토머스에 대해 다 알고 있다는 뜻이었다. 저들은 대체 누굴까? 뭘 원하는 거지? 놈들의 손아귀에서 빠져나가려면 어떻게 해야 할까?

토머스는 당장이라도 길을 건너가 재크의 부모님에게 모든 것을 털어놓고 싶었다. 하지만 주방 바닥에 쓰러진 부모님의 모습이 떠올라서 차마 그렇게 할 수가 없었다. 재크와 가족을 위험에 빠뜨릴 순 없었다. 재크가 위험을 무릅쓰지 않고 자신을 도울 만한 방법을 찾아야 했다. 토머스는 수풀 속에 몸을 숨긴 채 재크에게 문자 메시지를 보냈다.

안녕, 재크? 너의 미스터리한 친구야. 나 좀 도와줘. 30분 후에 지구대 앞에서 만나. 기름을 가득 채운 루시퍼가 필요해. 만나서 설명할게.

토머스는 전송 버튼을 누른 후 바로 지구대로 향했다. 주위를 밝히고 있는 여러 개의 가로등 덕분에 지구대가 환상적인 빛의 섬처럼 보였다. 재크를 만나 루시퍼를 빌리기에 이보다 더 이상적인 장소는 없었다. 루시퍼는 재크가 타고 다니는 오토바이 이름이었다. 불꽃무늬가 들어가 있는 50cc짜리 빨간색의 오토바이. 재크가 루시퍼를 빌려준다면 놈들과 마주칠 위험 없이 숲길로 그레이트폴스까지 갈 수 있을 것이다.

시간이 얼마나 지났을까? 부릉부릉, 오토바이의 친근한 배기음이 들리기 시작했다. 토머스는 재크가 지구대 앞에 멈춰 서는 걸 확인한 뒤에야 숨어 있던 곳에서 튀어나왔다.

"어이, 맨. 이게 무슨 뚱딴지 같은 일이야? 지구대 앞에 서 있으니까 되게 찜찜한데……."

"재크, 이렇게 나와 줘서 얼마나 기쁜지 넌 모를 거야."

"괜찮아? 오늘 학교에는 왜 안 왔어?"

"괜찮지 않아. 실은 어떤 놈들에게 쫓기고 있어."

"어떤 놈들? 그게 무슨 소리야?"

"놀라지 마. 그놈들이 우리 부모님을 죽였어……."

"뭐? 잠시만, 타임! 타임! 너, 미쳤어?"

"정말이야, 재크."

재크는 토머스의 뺨을 타고 흐르는 눈물과 긴장이 역력한 표정을 보고서 일이 심각하다는 것을 알아차렸다.

"보안관한테 알렸어?"

"보안관은 날 지켜 줄 수 없어. 살인범들이 그레이트폴스 경찰을 사칭하고 찾아왔거든."

재크는 생각에 빠진 듯이 멍한 표정으로 머리를 긁적거렸다.

"진짜 경찰은 아닌 것 같아?"

"나도 모르겠어. 어쨌든 그들이 날 찾고 있어. 날 끌고 가려고 했는데 가까스로 도망쳤거든……."

"이제 어쩔 셈이야?"

"일단은 그레이트폴스에 가서 그들이 진짜 경찰인지부터 알아볼 거야. 그래서 네 도움이 좀 필요해."

"루시퍼를 빌려 달라는 말이지?"

루시퍼를 재크에게서 떼어 놓는다는 것은 쇠도 씹어 먹을 만큼 식욕이 왕성한 사춘기 청소년에게서 과자 봉지를 빼앗는 것과 마찬가지였다. 즉 재크의 한계를 시험하는 일이라는 뜻이다. 토머스는 재크의 표정이 '죽어도 안 돼!'에서 '알았어, 하지만 조심해야 돼.'로 서서히 바뀌는 것을 눈치챘다.

재크가 시동을 끄더니 오토바이 키를 내밀었다.

"자, 네 마음대로 써……."

녀석이 체념하듯이 중얼거렸다.

토머스가 뭐라고 대답하려는 순간, 100미터 앞쪽에 차 한 대가 나타났다. 차는 지구대 쪽으로 접근하면서 서서히 속도를 늦추었다. 토머스는 숨을 죽였다. 재크가 고개를 돌려 차를 보고는 웃으며 손을 흔들었다.

"걱정하지 마. 릴리네 아빠 차야."

토머스는 그제야 길게 심호흡을 했다.

"너, 지금 정상이 아니야."

재크는 무심코 이렇게 말했다가 조금 전에 토머스에게 들은 이야기를 떠올리고는 얼른 사과했다.

"미안……."

토머스는 대꾸 없이 고개만 끄덕였다.

이윽고 차가 한 대 더 나타났다. 토머스가 경계하며 쳐다보자 재크가 딱하다는 듯이 바라보았다. 차는 거의 두 사람 앞까지 다가와 멈추었다. 창문이 진하게 선팅되어 있어서 그 안에 누가 있는지 보이지 않았다. 토머스가 한 발짝 물러서자 조수석 창문이 스르르 내려갔다. 얼굴에 긴 흉터가 있는 남자와 눈이 마주친 순간, 토머스는 숨이 멎어 버릴 뻔했다. 그가 두 사람을 보고 씩 웃었다.

"토머스, 인사도 안 하고 떠나기야?"

토머스는 재크의 옷소매를 잡고 지구대 쪽으로 끌었다. 입구와의 거리는 3미터밖에 되지 않았다.

"그렇게 빨리 튈 수는 없을걸."

남자가 위협적으로 말하며 권총을 꺼내더니 아무렇지도 않은 표정으로 두 사람을 겨누었다.

"토머스, 순순히 따라오지 않으면 재미없을 줄 알아. 특히 네 친구에게 아주 재미없는 일이 일어날 거야."

재크가 혼비백산한 눈으로 토머스를 쳐다보았다. 아까 들은 이야기에 이제 한 점 의심도 없을 터였다. 토머스는 재크의 목에서 핏줄이 꿈틀대는 걸 보면서 능력을 발휘할 준비를 했다. 이 능력을 쓸 때면 마치 슬로 모션을 건 것처럼 토머스의 시간만 느리게 흘러서 그 틈에 많은 일을 할 수가 있었다.

총알이 날아오기 전에 얼른 소리를 질러서 보안관에게 도움을 요청할까? 아니면 재크를 구하기 위해 일단 놈들을 따라갔다가 다시 도망칠 기회를 엿볼까? 하지만 놈들은 단지 자기네를 봤다는 이유만으로 부모님을 죽였는데……. 재크라고 살려 둘 리 없었다. 게다가 저들이 어떤 식으로든 자신을 꼼짝 못 하게 제압한다면 능력을 써서 탈출할 기회조차 없을지도 몰랐다.

토머스는 그들이 자신을 산 채로 데려가야만 하는 상황이라고 믿고 선수를 치기로 마음먹었다. 일단 눈을 꼭 감은 채 정신을 집중했다.

"이봐, 밤새 이러고 있을 순 없……."

남자의 말이 끝나기 전에 움직이기 시작했다. 일단 차를 향해 돌진해서 주먹으로 놈의 손등 뼈를 찍어 내렸다. 그러고는 뒤돌아서서 재크를 지구대 문을 향해 홱 밀친 후 루시퍼에 올라타 시동을 걸었다. 이어서 지구대를 빙 돌아 숲으로 들어가는 흙길로 내달리기 시작했다. 이 모든 일이 2초도 안 되는 시간 안에 일어났다.

토머스는 손을 다친 남자가 내지르는 비명 소리와 지구대 현관의 유리문이 재크의 몸무게를 이기지 못해 박살나면서 경보음이 울리는 소리, 그리고 오토바이 타이어가 아스팔트를 긁는 소리를 들으며 질주했다. 계획대로 일이 진행되었는지 확인하기 위해 뒤를 돌아볼 새도 없었다. 총성이 들리지 않은 것만으로 그저 다행이다 싶었다. 재크가 유리문을 깨고 들어가면서 심한 부상을 입지 않았기만을 바랐다.

차가운 공기가 뺨을 스쳤다. 놈들이 이 좁은 흙길로 쫓아올 수는 없을 터였다. 토머스는 자동차 도로를 피해 어느 길로 가야 할지 머릿속으로 그려 보았다. 재크의 오토바이 뒤에 타고서 오솔길을 몇 킬로미터씩 돌아본 경험이 크게 도움이 되었다. 이제부터는 한 치의 실수도 용납되지 않을 것이다.

어둠 속에 도사린 함정들을 피하기 위해 전조등을 밝혔다. 바닥의 홈이나 나뭇가지 따위는 그냥 힘으로 밀고 나가는 수밖에 없었다. 루시퍼에 올라타고 있으니 아드레날린이 솟구쳤다. 한밤의 폭주를 즐기다니……. 죄책감이 일었다. 부모님이 무참히 살해당하고 미친놈들에게 쫓기는 주제에 신이 나다니! 머리가 어떻게 된 게 아닐까?

그 시각, 단비 지구대는 충격에 빠져 있었다. 보안관은 재크를 근엄한 표정으로 내려다보다가 몸을 일으키도록 손을 내밀어 도와주었다. 십대 청소년이 지구대 문을 박살내면서 안으로 들어오는 게 흔한 일은 아니었다. 재크는 보안관을 보고서 안도의 한숨을 내쉬었다. 하지만 보안관은 지구대 밖의 도로 위에서 두 명의 살인범이 옥신각신하고 있다는 걸 상상도 하지 못했다.

"제기랄, 대체 뭘 한 거야! 다 잡았는데!"

"닥치고 운전이나 해."

칼자국 사내가 매섭게 대꾸했다.

"나도 무슨 일이 일어났는지 모르겠어. 그냥 갑자기 손에 엄청난 통증이 느껴져서 총을 떨어뜨릴 수밖에 없었다고."

"보스가 이 일을 알면 우리 눈알을 뽑아 버릴걸."

운전석에 앉은 거구가 가속 페달을 밟으면서 투덜거렸다.

"눈 깜짝할 사이에 벌어진 일이야. 빨라도 너무 빨라. 그 애새끼가 무슨 수로 오토바이를 꿰차고 달아났지? 빌어먹을! 잠시도 눈을 떼지 않았는데……."

칼자국 사내가 혼잣말하듯이 중얼댔다.

"보스에게 그렇게 보고하면 퍽이나 좋아하겠다."

"한스, 내가 입 닥치라고 했지? 지금까지 두 번 말했어. 세 번째로 같은 말을 하게 하지 마. 그랬다가는 보스에게 혼나는 건 걱정 축에도 못 끼게 될 테니까. 그보다 애새끼를 앞질러 가로막을 방법이나 찾아봐!"

## 위험한 제안

토머스는 최대한 숲길로만 달리려고 애썼다. 아스팔트 도로가 나올 때마다 숨을 죽이고서 루시퍼의 전조등을 껐다. 키 큰 세쿼이아 나무들이 그림자를 드리워서 토머스를 보호해 주었다. 그렇게 잠시 오토바이를 멈추고 숨어 있을 때면 심장이 미친 듯이 뛰었다. 그러나 오래 생각할 시간이 없었다. 한시라도 빨리 그레이트폴스에 도착해야 했다.

숲이 점점 듬성듬성해지는가 싶더니 저 멀리 소도시의 불빛이 보였다. 토머스는 완전히 노출된 직선 도로를 전속력으로 달리기 전에 유심히 주위를 살폈다. 그러고 나서 그레이트폴스를 둘러싸고 있는 자전거 전용 도로로 들어섰다. 스쿠터나 오토바이처럼 엔진이 장착된 이륜차는 진입을 금한다는 팻말을 보고는 잠깐 주춤했지만 일단은 그냥 달리기로 했다. 이 시각에 자전거를 타는 사람은 많지 않을 터였다. 점차 녹지가 줄어들면서 도시의 정글이 펼쳐졌다. 문명 세계로 돌아온 것 같아서 희망이 생겼다.

대형 창고와 상업 시설이 드문드문 이어지더니 곧 반듯반듯하게 정비된 주택가가 나왔다. 엇비슷해 보이는 건물들이 규칙적으로 들어서 있어서 위치를 파악하고 방향을 잡기가 수월했다. 오래지 않아 시내 중심가에 도착했다. 고층 빌딩들이 즐비하게 늘어선 가운데 사람들이 드문드문 오가는 게 보였다. 사람들이 주위에 있으니 어느 정도 안심이 되었다. 그러면서도 눈에 확 튀는 새빨간 루시퍼 때문에 주목을 받을까 봐 걱정이 되었다. 토머스는 일단 오토바이를 숨길 장소부터 찾기로 했다. 살인범들은 오토바이를 탄 십 대 소년을 추적할 테니까.

주택가를 서성이다가 오래 방치된 듯이 보이는 빈집 몇 채를 발견했다. 마구잡이로 자란 잡초와 덩굴 식물이 집을 온통 뒤덮고 있었다. 토머스는 아무 집이나 골라서 안으로 들어갔다. 거실 벽에 오토바이를 세운 뒤 낡은 이불 한 채를 찾아서 잘 덮어 두었다. 집 안은 그야말로 전쟁터를 방불케 했다. 대출금을 갚지 못해서 쫓겨난 집주인이 은행이 집을 되팔지 못하게 일부러 망가뜨린다는 말을 들어 보긴 했지만…….

잠시 휴식을 취하면서 기운을 차렸다. 배 속에서 먹을 것을 달라고 울부짖었다. 버너를 꺼내 불을 붙이고 라비올리 통조림을 올려 두었다. 가볍게 배를 채운 뒤 위층으로 올라갔다. 벽장을 뒤져서 낡아 빠진 외투 한 벌과 챙 없는 꾀죄죄한 회색 모자 하나를 찾았다. 그걸 걸치면 도시에서 흔히 만나는 노숙자처럼 보일 수 있을 듯했다. 토머스는 위장을 마치자마자 경찰서를 찾기 위해 시내 중심가로 나섰다. 추적자들이 진짜 그레이트폴스 경찰서 소속인지 확인해야 했다.

새벽 3시, 어느새 소도시의 활기는 사라졌다. 얼마 안 되는 행인들은 그림자처럼 스치듯 지나갔다. 그들은 빨리 집에 들어가야 한다는 일념으로 바삐 걸었다. 토머스는 행인과 눈이 마주칠 때면 건물 입구로 들어가 몸을 숨겼다. 밤은 도시를 무감각 상태에 빠뜨렸다. 어두운 사각지대와 영혼 없는 건물들. 끝없이 펼쳐진 야생의 땅과 시골 촌구석 마을이 그리워질 지경이었다.

한밤의 도주에 도움이 됐던 아드레날린도 이제 바닥이 난 듯했다. 졸음이 몰려와 견딜 수가 없었다. 토머스는 선잠이 들었다가 끔찍한 장면이 떠올라 소스라치며 깨기를 반복했다. 눈을 뜰 때마다 얼굴에 칼자국이 있는 사내와 그 부하를 맞닥뜨릴까 봐 두려움에 빠졌다. 다행히 아무도 없었다. 저 멀리 경찰서의 푸르스름한 조명이 도시의 대양을 비추는 등대처럼 불을 밝히고 있었다.

토머스는 오들오들 떨며 꾸벅꾸벅 조는 동안 자신이 고립되어 있다는 것을 실감했다. 부모님은 돌아가신 데다 잘 알지도 못하는 도시를 헤매고 있었다. 심지어 살인범들에게 쫓기기까지 했다. 예전의 안온한 삶이 마치 꿈처럼 아득하게 느껴졌다.

새벽이 기지개를 켜자 도시에 색채가 돌기 시작했다. 자동차 한두 대가 정적을 깨뜨리면서 지나가는가 싶더니, 점차 늘어나 줄지어 서다시피 했다. 노점상이 나와 토머스가 머문 건물 근처에 자리를 폈다. 토머스가 다가가자 상인이 경계하는 눈빛을 보냈다. 그러나 10달러짜리 지폐를 내밀자 언제 그랬냐는 듯 환하게 웃었다.

"주문하시겠어요?"

"따뜻한 차 한 잔이랑 핫도그 하나 주세요."

"차는 박하, 나무 열매, 레몬, 이렇게 세 가지 맛이 있어요."

"나무 열매로 할게요."

토머스는 뜨거운 찻잔을 쥔 채 핫도그가 나오기를 기다렸다. 추위에 얼어붙었던 손가락이 녹으면서 기분 나쁘게 간질간질한 느낌이 들었다.

경찰서 입구를 슬쩍 곁눈질해 보았다. 경찰서를 드나드는 사람이 그토록 많은 줄이야! 제복 차림의 경찰들은 물론이고, 평범한 옷차림을 한 사람들이 수없이 드나들었다. 모두 사복 차림의 경찰들일까? 아니면 뭔가를 신고하러 온 사람들일까?

그쪽을 쭉 지켜보면서, 살인범들이 경찰은 아니라는 확신이 들었다. 이따금 순찰차가 경찰서 앞에 멈춰 서면 수갑을 찬 용의자들이 끌려 나왔다. 시간은 하염없이 흘러갔다. 토머스는 하루가 이토록 길게 느껴지기는 처음이었다.

태양이 맞은편 건물 너머로 사라질 즈음, 절망의 손바닥이 자신의 목을 옥죄는 것을 느꼈다. 이 추위에 또다시 노숙을 할 수는 없었다. 이곳에서 하루를 꼬박 보냈지만 살인범들에 대해 딱히 알아낸 건 없었다. 곧장 길을 건너가 아무 경찰이나 붙잡고 다 말해 버릴까? 어쩌면 그것이 최선일지도 몰랐다.

하지만 오늘 하루 동안 살인범들이 경찰서에 드나드는 걸 보지 못했다고 해서 그들이 경찰이 아니라고 단정해도 될까? 혹시 다른 출입구가 있다면? 업무상 출장을 갔다면? 대답 없는 질문들이 머릿속에서 들끓는 동안, 익숙한 실루엣이 눈에 들어왔다.

토머스는 눈을 가느스름하게 뜨고 그 실루엣에 주목했다. 보안관과 함께 집에 찾아왔던 거구의 경찰이 분명했다. 그 사람은 진짜로 그레이트폴스 경찰이었던 것이다. 사소하지만 믿을 만한 정보가 하나 생긴 셈이었다. 큰 소득이라고 할 수는 없지만 부모님이 살해당한 후로 유일하게 얻은 구체적인 정보였다. 토머스는 좀 더 기다려 보기로 했다.

운 좋게도 그 경찰은 20분 만에 경찰서 밖으로 나왔다. 조심스레 그 뒤를 밟았다. 미행을 하다가 들킬 수도 있겠지만 달리 선택의 여지가 없었다. 팀 경감이라는 사람이 어쩌면 자신에게 일어난 사건을 밝혀 줄 유일한 희망일 수도 있으니까.

다행히 그 경감은 주변이 어떻게 돌아가는지 조금도 신경 쓰지 않는 것 같았다. 눈에 보이지 않는 기생 동물을 목덜미에 얹어 두기라도 한 듯이 어깨가 구부정했다. 고개를 푹 숙인 채 터벅터벅 걷는 모습이 흡사 지친 맹수 같아 보였다. 토머스는 모자를 꾹 눌러쓰고 경감을 따라 버스에 오른 뒤 맨 뒷좌석으로 갔다. 경감은 토머스 쪽으로 눈길 한번 돌리지 않았다.

시내 중심가에서 출발한 버스는 도시의 가장자리를 빙 둘러싼 주거 지역으로 향했다. 정류장을 열 개쯤 지나자 경감이 인상을 찡그린 채 일어나 하차 벨을 눌렀다. 거리를 두고 서 있던 토머스는 문이 닫히기 직전에야 허겁지겁 버스에서 내렸다. 그의 뒤를 밟다가 목적지를 알아내고는 적잖이 당황했다. 다트 무어 요양원. 건물의 색이 다 바래서 원래 색은 짐작만 할 수 있을 정도로 낡고 초라했다. 차마 건물 안으로는 따라 들어가지 못하고 창문 너머로 상황을 살피기로 했다.

촌스럽게 꾸며진 로비 한쪽에 안내 데스크가 있었고, 유행이 한참 지난 유니폼 차림의 간호사가 그 앞에 앉아 있었다. 간호사는 경감을 슬쩍 보고는 인사 대신 건성으로 목례만 했다. 둘이 별다른 얘기를 주고받는 것 같지는 않았다. 아무래도 경감이 이곳을 자주 드나들어 익숙한 모양이었다.

'부모님을 여기에 모신 걸까?'

토머스는 간호사가 서류를 읽으려고 고개를 푹 숙이는 순간을 기다렸다가 '그 능력'을 사용했다. 5분 후, 요양원 입소자 20여 명이 한데 모여 있는 큰 방 안에 들어갔다. 몇몇은 탁자에 둘러앉아 카드 게임을 하고 있었는데, 대부분의 사람들은 그냥 의자에 앉아서 멍한 눈으로 허공을 바라보고 있었다. 밀랍 인형 전시관에 들어와 있는 것처럼 기묘한 기분이 들었다. 방 안에 활기를 주는 것이라고는 귀가 따가울 만큼 크게 틀어 놓은 텔레비전과 거기에서 간간이 튀어나오는 기계적인 웃음소리밖에 없었다. 화면에서는 폭소가 터지는데 그걸 보고 있는 노인들의 생기 없는 얼굴에는 미소 한 자락 떠오르지 않았다.

팀 경감은 휠체어를 탄 남자 옆에 앉아 있었다. 토머스는 그들의 목소리가 들리는 거리까지 다가간 뒤, 유난히 멍해 보이는 할머니 옆에 슬쩍 앉아 귀를 쫑긋 세웠다.

"안녕, 솔."

"어서 와, 팀."

휠체어에 탄 남자의 얼굴을 보지 못했지만 또랑또랑한 목소리로 보아 나이가 아주 많지는 않은 듯했다.

"매일 오는 시간이라서 또 왔어."

"할 일이 그렇게 없어?"

"잠깐만, 왜 이래? 무슨 재수 없는 일이라도 있었어?"

"재수야 늘 없는 건데 오늘이라고 해서 다를까. 〈아놀드와 윌리〉 시리즈를 1편부터 10편까지 또 봤어. 벌써 200번째 보는 거야. 재미있더라고……. 할 수만 있다면 저 빌어먹을 텔레비전을 부숴 버릴 텐데."

"보기 싫으면 내가 가서 끌게."

"제발 그래 줘. 의자에서 꼼짝도 못 하는 연체동물들도 별말 안 할 거야."

"솔, 다른 입소자들을 그런 식으로 말하면 안 돼."

"사지 마비 환자의 특권으로 좀 봐줘. 이따위 몸으로 사는데 이런저런 장애를 농담거리로 삼을 권리 정돈 줄 수 있잖아."

경감이 일어나 텔레비전을 끄자 침묵이 자리를 잡았다. 반대편에서 카드를 치는 사람들이 주고받는 말소리만 간간이 들렸다.

"텔레비전을 보기 싫으면 간호사에게 꺼 달라고 하지 그랬어?"

"저녁 여덟 시까지는 로즈가……."

"키 크고 무뚝뚝한 간호사?"

"응, 맞아. 터미네이터의 여성판 같은 느낌이랄까?"

"그러고 보니 좀 닮은 데가 있네."

솔이 경감의 말에 슬쩍 웃다가 기침을 했다. 발작적인 기침이 멈추지 않자 경감이 걱정스러운 표정으로 친구의 등을 살살 두드려 주었다.

"괜찮아?"

"아무것도 아니야. 사레가 들린 것뿐이야. 입 좀 닦아 줄래? 여기에 넘쳐 나는 좀비들처럼 보이고 싶지 않아."

경감이 손수건으로 입을 닦아 주자 솔이 조용하게 읊조렸다.

"고마워. 이건 살아도 사는 게 아니야. 알지?"

무거운 침묵이 내려앉았다. 토머스는 옆자리의 할머니를 만나러 온 사람처럼 보여야 할 것 같아 일부러 대화를 시도해 보았다. 하지만 생각대로 되지 않았다.

솔이 다시 입을 열었다.

"내 부탁, 생각해 봤어?"

경감이 이마를 찌푸리며 고개를 젓고는 목소리를 낮추어 소곤대며 대답했다.

"솔, 그건 부탁이 될 수 없어. 어리석은 소리 좀 하지 마. 네 생을 마감할 수 있게 도와 달라니……. 절대로 못해. 알아들었어?"

"팀, 나는 이미 송장이나 다름없어. 척수에 총알이 박힌 그날, 이미 죽은 거나 마찬가지라고."

경감은 세차게 도리질하면서 한숨을 쉬었다. 솔이 다시 애원하듯이 말했다.

"그 일이 있기 전까지만 해도 나는 죽음을 기다리는 사형수의 기분이 어떨지 궁금했어. 사형 제도가 참 잔인하다고 생각했지. 인간을 감방에 가둬 놓고 죽을 날만 기다리라고 하는 건 말이 안 된다고 여겼어. 지금은 사형보다 끔찍한 게 있다는 걸 알아. 살고 싶지 않은데 삶을 강요당하는 거더라고."

"더 이상 이런 이야기 하고 싶지 않아."

경감은 화제를 바꾸기 위해서 얼른 말을 이었다.

"서장이 새 일을 줬어. 단비에서 실종 사건이 일어난 것 같다고 하면서 말이야."

"뭐야? 범죄 수사과로 복귀했다는 얘기인 줄 알았는데 단비라니……. 거기보다 더 촌구석을 찾기도 힘들겠다. 지금까지 그쪽에서 무슨 사건이 일어난 적이 있긴 한가? 그래, 가서 뭘 좀 찾았어?"

"솔직히 별 소득은 없었어. 그냥 세 식구가 어디로 잠깐 떠난 것처럼 보이더라고. 여행용 가방이랑 옷가지도 없지 뭐야? 차도 보이지 않고."

"그래서 종결된 사건이라는 판단이야?"

"모르겠어. 흥미를 끄는 점이 있긴 해."

"뭔데?"

"아들 방의 저금통이 열려 있었는데 지폐가 안에 그대로 있더라고. 어머니는 친구와 테니스 약속이 있었는데 취소를 하지도 않고 연락 두절 상태로 자취를 감췄어. 거실에 놓여 있는 운동 가방을 봐서는 테니스를 치러 가려고 했던 것 같은데 말이야. 그리고 주방에 아주 작은 핏자국이 있었어."

"구체적인 물증은 없군."

"그래, 하지만 내 본능은 뭔가 석연치 않다고 말하고 있어."

"과학 수사대에 현장 감식을 의뢰해 봐. 핏자국이 더 나올지도 모르잖아."

"모처럼 받은 사건이야. 행여 쓸데없이 과학 수사대를 움직이게 했다는 말이 나오면 다시는 일을 못 받을지도 몰라. 게다가 자네도 지적했듯이 단비는……."

토머스는 감정을 주체하지 못해 친척으로 점찍은 할머니의 손목을 꽉 부여잡고 말았다. 할머니가 약하게 앓는 소리를 내서 얼른 손을 놓았다. 경감은 제대로 된 경찰 같았다. 살인범들과 한패일 리 없었다.

경감이 테이블 위에 토머스네 집에서 가져온 가족사진을 올려놓았다. 토머스는 사진을 힐끔 보았다. 부모님과 함께 바다를 보러 간 날 찍은 사진이었다. 갑자기 눈물이 왈칵 솟구쳤다. 그렇게 한참 동안 생각에 빠져 있느라 경감이 요양원을 나간 것도 눈치채지 못했다.

토머스가 가까스로 마음을 진정시킨 뒤 자리에서 일어나 할머니에게 작별 인사를 건넬 때였다.

"거기 너, 누구야?"

토머스는 화들짝 놀랐다. 휠체어에 타고 있던 솔이라는 남자가 소리친 것이었다. 그는 고개를 옆으로 돌리지 못하기 때문에 토머스의 얼굴을 보지 못했다.

"아직 여기에 있는 거 알아. 숨소리가 들리거든."

토머스는 적당히 둘러댔다.

"이모할머니를 뵈러 온 건데요."

"웃기고 있네. 네 말이 사실이면 난 발레단 수석 무용수야."

토머스는 아무 대답도 하지 못했다.

"여기에서 뭘 하고 있었는지 당장 말해. 그러지 않으면 간호사를 부르겠어."

"방금 말씀드렸잖아요."

"사지가 마비되긴 했어도 머리는 멀쩡하거든? 네 옆에 있는 할머니도 원래부터 그런 상태는 아니었어. 여덟 달 전에 여기 처음 왔을 때만 해도 대화다운 대화를 나눌 수 있었지. 그때는 뇌졸중이 일어나기 전이었으니까. 그 할머니의 유일한 불평이 자기를 보러 올 가족이나 친척이 한 명도 없다는 거였어. 무남독녀로 태어나 평생 결혼하지 않고 살았다더군. 그런데 갑자기 종손이 나타났다는 걸 나더러 믿으라고?"

토머스는 문 쪽으로 슬금슬금 걸어갔다.

"기다려! 시비를 거는 게 아니라 그냥 설명을 듣고 싶을 뿐이야."

솔은 토머스가 입을 꾹 다물자 애원하다시피 말했다.

"노숙자가 요양원에 밥과 온기를 노리고 들어오는 일은 드물지 않아. 하지만 너한테서는 거리에서 먹고 자는 사람들 특유의 냄새가 나지 않는다고. 그래서 궁금한 거야."

"아저씨 짐작대로 전 노숙자예요. 밖이 너무 추워서 방문객으로 위장해 들어온 거고요."

"어떻게 들어왔다는 거지? 방문객은 입소자의 이름을 대지 않으면 로비를 통과할 수 없어."

"되게 끈질긴 분이네요."

"경찰이었을 적만 해도 그게 내 최고의 장점이었지. 가까이 와 볼래? 얼굴 좀 보게."

토머스는 휠체어를 빙 돌아서 솔의 맞은편에 가 섰다. 예상대로 한창

일할 나이대의 어른으로 보였다. 토머스를 바라보는 솔의 눈은 몸 상태와 딴판으로 활력을 뿜어내면서도 그 속에 한없이 깊은 슬픔이 어른거렸다.

“잠시라도 재미 볼 기회를 놓칠 순 없지. 모자 좀 벗어 볼래? 제발 부탁이야.”

토머스는 주저하며 모자를 벗었다.

“과연! 아까 그 가족사진 속의 아들이 맞구나. 대체 여기서 무슨 수작을 부리는 중이야?”

“대답하기 전에 하나만 물어봐도 될까요? 사진에서 뭔가 이상한 점을 발견하지 못하셨어요?”

“음, 사진을 내 얼굴 가까이로 가져와 볼래?”

토머스는 테이블 위의 사진을 들어서 솔의 얼굴 앞에 바짝 갖다 댔다. 손가락이 살짝 떨렸다. 아주 길게 느껴지는 1분이 지난 후, 솔이 고개를 살짝 숙여 사진을 치워도 좋다는 신호를 보냈다.

“참 행복해 보이는구나. 그런데 여기에 뭔가 추리할 만한 단서가 있으니까 보라고 한 거지?”

토머스는 침을 꿀꺽 삼켰다.

“어려운 과제로군. 보자……, 부모님을 많이 닮지 않았구나. 혹시 입양되었니?”

토머스는 깜짝 놀라 몸을 부르르 떨었다. 뺨 위로 눈물 한 방울이 흘러내렸다.

“네.”

누군가와 이런 이야기를 나누기는 처음이었다. 토머스는 소매로 눈물을 훔쳤다.

"많이 심란해 보이는구나. 어쩌면 내가 널 도울 수 있을지도 몰라."

"왜요?"

"첫째, 난 사는 게 지겨워 죽겠어. 둘째, 어쩌면 너도 날 도와줄 수 있을 것 같아서."

"제가 뭘 도와드려야 하는데요?"

"조금 전에 나와 내 친구가 나눈 대화를 엿들었을 텐데?"

토머스는 고개를 끄덕였다.

"내가 인생을 마감하는 걸 도와줄 배짱이 있니?"

솔의 눈빛이 어찌나 강렬하던지, 토머스는 부담스러워서 시선을 슬쩍 돌렸다. 자살을 돕는다고? 그런 일을 할 수 있을까? 이 사람은 미친 게 분명해! 토머스는 돌아서서 나갈 채비를 했다.

"기다려! 제발 부탁이야. 생각해 봐! 나는 이미 죽은 사람이야. 너는 약만 구해 주면 돼. 물잔에 약을 넣고 빨대만 꽂아 줘. 더는 바라지 않아……."

토머스는 그 자리에 우뚝 멈춰 섰다. 그런 약속은 죽어도 할 수 없었다. 하지만 이 사람이야말로 어쩌면 자기가 찾고 있는 진실을 알아낼 수 있는 유일한 기회일지도 몰랐다. 어제오늘 일어난 일들에 무력하게 당하기만 한 탓에 너무 막막해서 숨을 쉬기도 힘들었다.

하물며 저 사람은 대체 어떤 기분일까? 영원히 휠체어에 매인 채 간호사의 도움 없이는 아무것도 하지 못하는 삶이란……. 도와주지 못할 건 또 뭐람? 그런 생각이 불쑥 들었다.

토머스는 솔을 향해 돌아섰다.

"어떤 약이 필요한데요?"

솔은 안도의 한숨을 내쉬더니 잠시 뜸을 들이다 조심스럽게 말했다.

"여기서는 못 구해. 약품을 넣어 두는 약장 열쇠를 간호사들이 목에 걸고 다니거든. 내가 원하는 건 수의사들이 동물들을 안락사시킬 때 쓰는 약이야. 그런 건 구하기가 더 쉬워. 할 수 있겠니?"

"저는 단비에서부터 살벌한 추적을 당하면서 여기까지 온걸요."

"생각보다 더 대단한 친구로군. 내가 할 수 있는 모든 걸 동원해서 널 도울 테니, 너도 내가 이 지옥을 떠날 수 있게끔 도와줘. 어때?"

"좋아요."

토머스는 솔의 축 늘어진 손을 잡았다. 두 사람의 눈이 마주쳤다. 토머스는 방금 사람을 죽여 주겠다고 약속한 셈이라는 걸 깨달았다. 온몸에 한기가 느껴졌다.

일단 그와의 약속을 믿고 며칠 동안 있었던 일을 모두 설명했다. 자신이 '입양'되었다는 사실, 부모님의 처참한 죽음, 그리고 단비에서 살인범들을 피해 미친 듯이 도망쳐 나온 일까지…….

"음, 네가 부모님의 친자식이 아니라는 사실을 안 지 얼마 안 되었구나?"

"네."

"그자들이 너는 죽이지 않고 산 채로 끌고 가려 했단 말이지? 확실해?"

"확실해요."

"팀에게 빨리 현장 조사를 부탁해야겠군. 네가 헛소리를 지껄인 게 아니라면 혈흔을 검출해 부모님이 살해당했다는 사실을 입증할 수 있을 거야."

"그자들이 완벽하게 수습했다니까요."

"과학 수사 기법으로 현장 감식을 하면 우리 눈에 보이지 않는 잔여물을 검출할 수 있어. 살인 사건 이후로 만난 사람은 없고?"

"재크라는 친구를 만났어요. 그 애가 오토바이를 빌려줘서 여기까지 올 수 있었고요. 살인범들과 다시 맞닥뜨리는 바람에 재크를 지구대 유리문 쪽으로 세게 떠밀었어요."

"참 조심스럽게도 행동했구나. 다들 눈에 불을 켜고 널 찾겠는걸. 어쩌면 살인범으로 의심을 받을지도 몰라. 네가 부모님을 살해한 건 아니지?"

토머스는 주먹으로 머리를 얻어맞은 것처럼 큰 충격을 받았다. 억울하고 분해서 두 뺨이 벌겋게 달아올랐다.

"절대로 아니에요!"

"마음 풀어. 꼭 필요한 질문이라서 했을 뿐이야. 팀이 뭘 발견하는지 기다려 보자꾸나. 내일 여기에서 같은 시각에 만나자. 괜찮겠니?"

"좋아요. 하지만 경찰 아저씨에겐 우리가 만났다고 얘기하지 마세요. 만약에 살인범들이 경찰과 한패라면 제가 그레이트폴스에 있다는 사실을 들키고 싶지 않아요."

"일리 있는 말이야. 그레이트폴스 경찰서에 네가 묘사한 인상착의의 사내들은 없는 것 같지만 조심해서 나쁠 건 없지. 너도 나에게 구해 주기로 약속한 걸 찾아봐. 네가 약속을 지킬 거라는 증거가 필요하니까. 알았지?"

토머스가 고개를 끄덕이고 나가려 하자 솔이 다급하게 불러 세웠다.

"마지막으로 하나만 더 물어도 될까?"

"네."

"이름이 뭐지?"

"토머스요, 토머스 핸들."

"내 이름은 솔 브리검이야. 이제 여기에 올 때마다 간호사에게 내 이름을 대면 돼."

토머스는 일층으로 내려간 뒤 창문을 넘어 요양원 밖으로 나갔다. 모순적인 감정들이 마음속에서 맞부딪혔다. 잘하면 부모님을 공격한 그 놈들이 자기에게 뭘 원하는 건지 알아낼 수도 있겠다는 기대감이 생겼다. 그러나 다른 한편으로는 지독하게 쓴맛이 목구멍에 달라붙어 떨어지지 않는 것 같았다. 옳은 결정을 내렸다고 확신할 수가 없었다. 마치 악마와 계약을 맺은 기분이라고나 할까? 싸구려 소독약 냄새와 콕 집어 말할 수 없는 불쾌한 냄새가 코를 찌르는 바람에 불편한 기분이 더해졌다. 그건 사실 죽음의 냄새였다.

다음 날 아침, 팀 경감은 경찰서 앞에 우뚝 서서 손목시계를 보았다. 오전 10시 20분. 이렇게 일찍 출근하기는 몇 달 만에 처음이었다. 목덜미가 기분 나쁘게 따끔거렸다. 어쩐지 감시를 당하는 듯한 기분이 들었다. 경감은 제자리에서 한 바퀴 휙 둘러보았다.

관리가 안 된 건물들, 생업에 바쁜 사람들, 도로 위로 내리쬐는 수줍은 햇살, 건물 입구에서 바람을 피하는 노숙자들……. 변함없는 소도시의 풍경이었다. 경감은 어깨를 으쓱하고는 들고 있던 봉투를 뒤적여 마카롱을 한 개 꺼내 입에 넣었다. 눈을 감고 달콤한 맛을 음미한 뒤 경찰서 안으로 들어갔다.

"팀! 서장님이 찾는 것 같던데?"

"서장이 날 왜?"

"나야 모르지."

경감은 한숨을 쉬며 곧장 서장실로 향했다. 노크 없이 불쑥 들어갈까 하다가 마음을 고쳐먹었다. 아침부터 서장한테 도발하기는 좀 그랬다. 경감은 솥뚜껑만 한 손으로 주먹을 쥐고 문을 세 번 두드렸다.

"들어오세요."

"안녕하십니까, 서장님."

"팀! 기다리고 있었네."

놀런 서장이 언짢은 기색으로 벽시계를 쳐다보았다.

"단비에 다녀온 것으로 아는데 아직 보고서를 받지 못해서 말이야."

"보고서를 빨리 쓰는 재주가 없어서요."

"그럼 대체 어떤 재주가 있는지 궁금하군."

"일가족이 급히 여행을 떠난 것으로 보였습니다. 여행용 가방과 자동차가 없더군요. 가족에게 뭔가 문제가 일어났을 거라 추정할 만한 구체적인 증거는 없었습니다."

"내가 현장에 유능한 수사관을 급히 보냈기에 망정이지……."

경감은 서장의 비꼬는 듯한 말투가 슬슬 신경에 거슬리기 시작했다.

"무슨 말씀이시죠?"

"오늘 꼭두새벽에 보안관한테서 연락을 받았네. 어제저녁에 그 집 아들이 자기 반 친구를 지구대 유리문 앞에서 밀치고 도주했다지, 아마? 아들은 목격이 되었는데 부모는 행방이 묘연해."

"이상하군요."

"보안관에게는 자네가 현장에 지원을 갈 거라고 말해 두었네."

"단비로 가서 보안관을 지원하라고요?"

"그래, 자네가 제시간에 출근했다면 벌써 단비에 도착했을 테지만 말일세."

"그러면 과학 수사대도 한 팀 보내 주십시오."

서장이 희미하게 웃었다.

"왜? 정예 부대도 보내 달라고 하지그래? 사람 일은 모르는 거라지만 열여섯 살짜리 어린애가 사고를 치면 얼마나 친다고?"

"주방 바닥에서 핏자국을 발견했습니다. 혈흔이 더 있는지 살펴봐야 합니다."

두 사람은 아무 말 없이 한참 동안 서로를 노려보았다.

"과학 수사대는 보내 주겠네. 하지만 그들을 똥개 훈련시킨 꼴은 되지 않기를 바라네. 마지막으로 하나 더."

"네."

"오늘 아침에 상가 약국에서 약품 도난 신고가 들어왔네. 단비로 출발하기 전에 약국부터 가 보게.”

경감은 대답 대신 구시렁대는 소리를 내면서 뒤돌아섰다.

“그리고 문 좀 살살 닫아…….”

이미 늦은 뒤였다. 서장의 불평이 채 문밖으로 흘러나오기 전에 경감은 저만치 가 있었다.

서장 앞에서 내색하진 않았지만, 사실 경감은 씹고 뜯고 맛보고 즐길 거리가 생긴 듯해서 내심 기분이 좋았다. 단비 실종 사건과 약품 도난 사건이 대단히 흥미롭지는 않아도 음울한 지하 소굴에서 벗어나기에는 그럴싸한 일이었다.

그때 갑자기 휴대폰이 진동했다. 솔이 문자 메시지를 보낸 것이다. 경감은 곧장 불안감에 사로잡혔다. 간호사의 도움 없이는 문자도 못 보내는 솔이 연락을 해 오다니……, 보통 일은 아닐 듯했다.

실종된 가족의 사진을 두고 갔어. 아들이 부모랑 영 안 닮았는데 혹시 입양아? 실종 관련 보고서는?

경감은 어안이 벙벙해서 액정 화면에서 한참이나 눈을 떼지 못했다. 솔이 뭔가에 관심을 보이는 건 몇 달 만에 처음이었다. 갑자기 어깨에서 무거운 짐이 떨어져 나가는 듯한 기분이 들었다. 친구가 드디어 바닥을 찍고 올라오려는 걸까?

가벼운 마음으로 약품 도난 신고가 접수된 약국으로 향했다. 상가에 들어가서 신분을 밝히자마자 배가 툭 튀어나오고 키가 작은 대머리 사내가 언성을 높였다.

"우리가 얼마나 오래 기다렸는지 알아요? 하여간 짭새들한테 기대를 하면 안 된다니까……."

경감은 억지로 미소를 지으려다 퉁명스럽게 되받아쳤다.

"그 입 좀 다무시지요."

"지금 뭐라고 했습니까?"

"그 입 좀 다물라고 했습니다."

약사는 상대를 가늠하려는 듯이 고개를 들고 경감을 훑어보았다. 발 뒤꿈치를 들어도 경감의 턱밑에 닿을까 말까 했다.

"민중의 지팡이가 시민에게 그딴 식으로 말해도 됩니까? 민원이 무섭지도 않아요?"

"경찰서장 직통 번호라도 불러 드릴까요?"

경감이 강하게 대응하자 약사는 조금 누그러진 어조로 말했다.

"아무래도 첫 단추를 잘못 끼운 것 같군요."

"그렇다면 첫 단추를 다시 끼워 봅시다. 안녕하십니까? 나는 그레이트폴스 경찰서에서 나온 팀 던컨 경감입니다."

"나는 이 상가 건물의 주인이면서 약국 주인인 아나톨 피티예요."

"무엇을 도와 드릴까요?"

"오늘 아침에 약을 도난당했습니다. 무척 위험한 약물이에요."

"약장에 잠금장치가 없었나요? 감시 카메라는요?"

"둘 다 있어요. 그게……, 열쇠를 훔쳤더라고요. 무슨 수로 그랬는지는 모르겠지만 열쇠를 금고 아래 서랍에 보관하거든요."

"범인이 계산대 뒤까지 들어와서 열쇠를 몰래 꺼낸 뒤 약장을 열어서 약을 가져갔다는 겁니까?"

약사는 난처한 듯한 표정으로 몸을 들썩이며 대답했다.

"귀신이 곡할 노릇이지요."

"약국에 계속 계셨습니까?"

"네, 자리를 비운 적은 없어요. 손님을 상대하느라 주의가 흐트러진 틈을 탄 것 같아요."

"없어진 약은 어떤 겁니까?"

"동물을 마취하거나 안락사시킬 때 쓰는 펜토바르비탈입니다."

"감시 카메라 좀 봐도 되겠습니까?"

"네, 따라오세요."

약사를 따라 컴퓨터 모니터 앞으로 갔다. 경감은 녹화된 영상을 보고 당황한 기색을 숨길 수가 없었다.

"시스템에 문제가 생긴 것 아닙니까?"

"그럴 리 없어요."

"아니, 침입자가 왜 이렇게 뚝뚝 끊어져 보이죠? 이 화면으로는 아무것도 알아낼 수 없겠는데요."

"감시 카메라 시스템은 거의 새것입니다. 얼마 전에 교체했거든요. 다른 영상은 아주 선명해요. 끊김이 전혀 없어요."

감시 카메라 영상을 다시 돌려 보았지만 더 이상 알아낼 수 있는 것이 없었다. 확실한 거라곤 도난범의 키가 작다는 것, 스카프를 두른 데다 챙 없는 모자를 푹 눌러쓰고 있어서 얼굴을 알아볼 수 없다는 것 정도였다.

"감시 카메라 영상을 USB에다 복사해도 됩니까?"

"그럼요."

"범인이 동영상 신호를 교란하는 장치를 썼을지도 모르겠네요."

"30달러짜리 약을 훔치려고 그런 첨단 기술을 쓴다고요?"

약사가 믿을 수 없다는 듯 고개를 갸웃거렸다.

"일단 기술팀에게 영상 분석을 맡겨 보겠습니다. 그 사람들이 뭐라고 하는지 들어 보면 알겠지요."

"뭔가 나오면 연락 주실 거죠?"

"당연하지요. 지금부터라도 경비를 강화하는 게 좋을 겁니다. 도둑이 범죄 현장을 다시 찾는 경우가 더러 있거든요. 범인이 약장 열쇠를 가지고 갔습니까?"

"아뇨, 약장에 그냥 두고 갔어요."

정말 기이한 일이었다. 차라리 마약 중독자가 약을 구하려고 오만 가지 위험을 무릅쓴 거라면 별로 놀라지 않았을 것이다. 하지만 동물을 안락사시키는 데 쓰는 30달러짜리 약을 훔친 게 다라고? 경감은 약국을 나서면서 반드시 이 미스터리를 풀고 말리라 다짐했다.

그런데 지금은 단비 일가족 실종 사건이 더 시급했다. 과학 수사대는 이미 현장으로 출동해 있을 것이다. 오늘 저녁이면 그 집 주방이 감추고 있던 비밀이 모조리 드러날 터였다.

## 이 세상에 공짜는 없다?

토머스는 요양원 입구에서 몇 차례나 망설였다. 마침내 요양원 안으로 들어갈 결심이 섰다. 조금 불편한 기분으로 로비를 지키고 있는 간호사에게 다가갔다.

"안녕하세요? 솔 브리검 삼촌을 만나러 왔어요."

간호사는 껌을 쫙쫙 씹으며 토머스를 힐긋 보았다.

"휴게실에 있을 거예요. 어떻게 가는지는 알아요?"

"네, 전에 와 본 적이 있어요."

토머스는 예의 바르게 미소를 지어 보인 뒤 요양원 복도로 들어섰다. 어슴푸레한 빛 속에서 건물 내부를 유심히 살펴보았다. 아주 노후한 건물이었다. 곳곳에 칠이 벗겨져 있었다. 커버가 찢어져 닳아빠진 충전재가 고스란히 노출된 의자가 한두 개가 아니었다.

휴게실에 다다르자 이상하게 익숙한 느낌이 들었다. 어제 보았던 상태 그대로 멈춰 있는 듯해서였다. 똑같은 사람들이 똑같은 장소에서 똑같이 멍한 눈을 하고 있었다. 목덜미에 소름이 쭉 끼쳤다. 이런 곳에서 생을 마치고 싶지 않았다.

"보기에 썩 유쾌하진 않지."

누군가 중얼거리는 소리가 들렸다. 토머스는 소스라치게 놀라며 얼른 소리 나는 곳을 바라보았다. 솔이 기둥 뒤의 그림자 속에서 웃고 있었다.

"깜짝 놀랐잖아요. 왜 그렇게 어두운 데 숨어 있어요?"

"세 시간 전에 간호사가 창문 앞은 햇빛이 너무 많이 든다면서 이쪽으로 데려다 놓았거든."

"그럼 그 후에 아무도 휠체어를 옮겨 주지 않은 거예요?"

"보다시피."

"왜 전동 휠체어를 쓰지 않으세요? 텔레비전에서 보니까 음, 그……."

"그냥 편한 대로 불러."

"말만 하면 자동으로 움직이는 휠체어도 있더라는 얘길 하고 싶었어요……."

"그래, 그런 물건이 있지. 플로리다의 실버 요양원에 가면 있을 거야. 하지만 나는 그레이트폴스의 경찰 공무원이라 이런 곳에 있어야 해. 소도시의 경찰청에서 가입한 보험으로는 나에게 닥친 불운을 조금도 덜어 줄 수 없지. 그렇다고 나한테 성능 좋은 휠체어를 살 만한 능력이 있는 것도 아니고."

"죄송해요."

"네가 사과할 일이 아닌걸? 뭐, 어쨌든 다른 얘길 하자꾸나. 약속한 물건을 가지고 왔니?"

토머스가 약병을 솔의 얼굴 앞에 들어 보였다.

"펜토바르비탈, 수의사들이 동물을 안락사시킬 때 쓰는 약이에요."

솔이 작게 휘파람을 불었다.

"와, 놀라운걸. 이런 걸 진짜로 구해 올 수 있으리라고 생각하진 않았는데……."

토머스는 약병을 다시 호주머니에 집어넣었다.

"이제 아저씨 차례예요. 뭘 좀 알아냈어요?"

"내 휴대폰으로 팀에게 전화를 걸어 준다면 몇 가지 정보를 얻을 수 있을 거야."

토머스는 군말 없이 시키는 대로 했다. 겨우 몇 분이었지만 그가 이곳에 처박혀 지내면서 느낄 무력함의 심연을 이해할 수 있었다. 누군가의 도움 없이는 사소한 몸짓 하나도 불가능하다니……. 휴대폰 번호를 누르자 신호음이 울렸다. 곧이어 팀 경감의 목소리가 들렸다.

토머스는 동료들끼리 주고받는 대화에서 정보를 좀 얻어 볼까 했지만, 솔은 별말 없이 상대방의 이야기를 들으며 이따금 고개를 끄덕일 뿐이었다. 그렇고 그런 말이 몇 차례 오간 뒤에는 그만 전화를 끊으라는 신호를 보냈다.

"어떻게 됐어요?"

토머스는 마음이 급했다.

"오늘부터 수사다운 수사가 시작된 모양이야. 과학 수사대가 너희 집

주방을 샅샅이 조사했는데, 네 말대로 놈들이 뒷수습을 상당히 깔끔하게 하고 갔나 봐. 하지만 핏자국을 전부 없애지는 못했다지. 현장에서 상당한 출혈이 있었다는 게 확인됐고, 혈흔 위치를 봐서는 네 얘기가 다 맞는 것 같더구나. 그레이트폴스 경찰은 살인 사건으로 보고 수사를 개시했다고 해."

"그나마 반가운 소식이네요."

"꼭 그렇지만은 않아. 네가 용의자로 지목되었거든."

"제가요?"

"그래, 내일부터 이 일대의 경찰이란 경찰은 죄다 네 사진을 들고 다닐걸……."

갑자기 혈관 속에 아드레날린이 쫙 퍼지는 듯한 느낌이 들었다. 심장이 미친 듯이 뛰었다. 솔이 자신을 도와줄 수 있을 거라는 희망은 어리석은 환상에 불과했던 걸까?

"왜 절 의심해요? 뭘 어쨌다고!"

"진정해. 경찰은 절차대로 일하고 있을 뿐이야. 그들이 손에 쥔 정보를 고려하면 어떻게 나올지 뻔해. 침착함을 잃어선 안 돼. 알겠니?"

토머스는 가슴을 짓누르는 공포를 몰아내려고 몇 번이나 심호흡을 했다.

"혹시 다른 정보는 없나요?"

"가족 관계 증명서를 확인해 보니, 네가 핸들 부부의 친자로 등록되어 있다더구나. 서류상으로는 입양아라는 사실을 알 수가 없대."

"그럴 리 없어요! 부모님이 저한테 시인하셨다고요."

"나는 그냥 있는 그대로의 사실을 전하는 거야. 쉽지 않겠지만 머리를 차갑게 해야 해. 너의 미래, 그리고 나의 미래가 달려 있는 일이니까."

"그럼……, 이제 뭘 해야 돼요?"

"네가 부모님의 친자식이 아니라는 비밀을 어떻게 지켜 왔는지, 그걸 비밀로 부친 이유가 무엇인지 알아내야지. 일단 네가 태어난 병원부터 조사해 봐야 할 것 같구나."

"저는 그레이트폴스 시립 병원에서 태어났어요."

"조사 범위가 딱 정해져서 좋군. 팀에게 병원을 조사하게끔 유도해 볼게. 그리고 네 부모를 살해한 자들에 대해서도 좀 알아봐야겠어. 그들을 눈여겨본 목격자가 있을 거야. 단비 같은 곳에서 그런 놈들이 눈에 띄지 않았을 리 없거든."

솔은 토머스를 가만히 바라보다가 덧붙였다.

"꼬마야, 네가 많이 힘들다는 거 알아. 우리는 그자들이 누구인지, 너에게 뭘 원하는지 반드시 알아낼 거야."

토머스는 아무 대꾸도 하지 못했다. 온종일 밖에서 추위와 싸우다가 난방이 잘되는 요양원에 들어와 있으니, 몸에 온기가 돌면서 그나마 살 것 같았다. 이러한 일시적 안온함은 자신이 처한 곤궁함을 더욱더 뼈저리게 일깨웠다. 어젯밤에도 꾸벅꾸벅 졸다가 소스라치며 깨기를 몇 번이나 반복했던지! 때로는 춥고 외로워서, 때로는 무서운 악몽에 시달리다가, 이따금은 자신이 얼마나 약해 빠졌는지 알려 주는 도시의 온갖 불안한 소음 때문에 진저리를 치면서 깨어났다. 토머스는 자기도 모르게 탁자 위에 놓인 비스킷 그릇을 오래 바라보았다. 솔이 그 시선을 눈치채고 물었다.

"아무것도 먹지 못한 모양이구나?"

"돈을 최대한 아껴야 해서 좀 굶었어요."

"저 그릇을 들고 와서 내 입에 과자 한 조각만 넣어 줄래? 나머지는 네가 다 먹어. 혹시라도 간호사가 물어보면 내가 먹었다고 하고."

토머스는 고개를 끄덕인 뒤, 비스킷을 손으로 집어 입에 넣었다. 처음에는 주위의 눈치를 봤지만, 곧 아무도 자신에게 신경 쓰지 않는다는 것을 눈치채고는 비스킷을 입안에 잔뜩 욱여넣었다.

잠시 후 평상복을 입은 할머니가 두 사람에게 다가왔다. 요양원 입소자인 듯했다. 할머니는 토머스에게 미소를 지으며 인사를 건넸다.

"안녕? 나는 리지야."

"안녕하세요? 전 토머스예요."

토머스는 무심코 이름을 말하고는 아랫입술을 깨물었다. 바보 같으니라고! 뭐 하러 실명을 밝혔지?

"솔, 손자가 있다는 걸 왜 말하지 않았어요?"

"저는 손자가 아니……."

"조카예요. 이쪽에 볼일이 있었대요."

솔이 딱 잘라 말했다.

"삼촌을 만나러 오다니 기특하기도 하지. 토머스 덕분에 삼촌 기분이 좀 나아질지도 모르겠네. 삼촌한테 우리랑 포커 게임 좀 같이하라고 말해 주렴."

리지 할머니는 이렇게 말하면서 솔에게 눈을 찡긋했다.

"이만 가 볼게요. 오붓한 시간을 방해하는 주책맞은 늙은이는 되고 싶지 않으니까."

두 사람은 리지 할머니가 거동이 불편한 입소자들을 요리조리 피해서 복도로 나가는 모습을 바라보았다.

"쿨하신 분이네요. 포커 게임 좀 같이 하시지 그래요?"

"내 상태를 보고도 그런 말이 나와? 내 손으로 카드를 들 수도 없는데?"

토머스는 변명을 하려다가 입을 꾹 다물었다. 사실 할 말이 없었다. 다소 불편한 시간이 흐른 뒤, 솔이 차분한 목소리로 물었다.

"오늘 저녁에 잘 곳은 있어?"

"글쎄요, 안전하겠다 싶은 곳을 찾아봐야죠."

"15번가 235번지 12호로 가 봐. 모로니 공원 근처에 있어. 거기에 가서 내가 보냈다고 해."

"아는 사람 집이에요?"

"응, 아무것도 묻지 않고 재워 줄 거야."

"고맙습니다. 내일도 볼까요?"

"그래, 같은 시각에 여기에서 만나. 내가 산책을 나가기로 작정하지 않으면 만날 수 있을 거야."

시련의 흔적이 역력한 전직 경찰의 얼굴에 잠시 미소가 스쳤다.

팀 경감은 사건 수첩을 손에 든 채 경찰서 계단을 올랐다. 오늘 하루

동안 알아낸 사실이 적잖이 당혹스럽게 느껴졌다. 핸들 부부의 흔적은 그 어디에서도 찾을 수 없었다. 토머스 핸들의 유일한 친구라는 재크라는 소년을 장시간 신문했지만 수사는 전혀 진척이 없었다. 양복 차림을 한 이인조 살인범이라니, 말이 되지 않았다! 그러나 거짓말을 하는 것 같지는 않았기 때문에 재크를 무리하게 추궁하지는 않았다. 그 애는 자기 친구에게 들은 이야기를 그대로 전하는 눈치였다.

토머스가 자기 부모를 죽인 뒤 이를 감추기 위해 앞뒤 안 맞는 이야기를 친구에게 둘러댄 걸까? 무엇보다 돈도 없고 의탁할 만한 곳도 없는 열여섯 살 소년이 무슨 재주로 감쪽같이 숨어 버린 걸까? 이 부분이 가장 의아했다.

경감은 스무 통 넘게 전화를 돌린 결과, 핸들 일가가 가족이나 친구를 비롯해 모든 지인과 연락을 끊고 살았다는 걸 확인했다. 자택에서 찾아낸 청구서와 각종 서류로 미루어 보아, 토머스가 태어난 뒤 지금까지 스무 번 이상 이사를 다닌 듯했다.

그들 부부의 직업상 그렇게 자주 거주지를 옮겨야 할 만한 이유는 딱히 없었다. 더욱더 놀라운 점은 그렇게 이사를 많이 다녔으면서도 몬태나주를 떠난 적이 한 번도 없다는 사실이었다. 핸들 부부의 행동은 논리적으로 이해가 되지 않았다. 경감은 자신이 뭔가를 놓치고 있다는 생각을 지울 수가 없었다. 주머니에서 볼펜을 꺼내어 수첩에 메모를 휘갈겨 썼다.

-'잦은 이사'의 단서를 찾아 이유를 알아낼 것.

– 토머스와 부모가 혈연관계가 맞는지 확인할 것.

– 토머스가 숨었을지도 모르는 장소들을 살필 것.

– 솔을 만나러 갈 것.

경감은 수첩을 주머니에 넣었다. 오랜 경험으로 볼 때 퍼즐의 모든 조각이 맞춰지기 전에 마지막 조각이 먼저 드러나는 경우는 드물었다. 단계적으로 핸들 일가의 삶을 차근차근 추적하다 보면 어디선가 답이 보일 터였다. 단지 시간문제일 뿐이었다.

사무실 안으로 들어가자 세 개의 화이트보드가 가장 먼저 눈에 들어왔다. 각각의 화이트보드에는 수사관들이 입수한 세 건의 사건 정보가 빼곡하게 적혀 있었다. 줄리아 과장은 사건 개요를 정리하는 데 탁월한 감각을 가지고 있었다. 일이 돌아가는 상황으로 봐서는 곧 핸들 일가 사건의 화이트보드도 등장할 듯했다. 경감은 동료들의 작업 진행 과정을 쭉 훑어보았다.

첫 번째는 폐쇄된 상점에서 시신이 발견된 사건이었다. 줄리아 과장은 시신의 팔에 채워져 있던 팔찌의 이니셜을 바탕으로 신원을 추적했다. 사망자는 17년 전 파티에 간다고 집을 나선 후 행방불명된 20대 여성 샐리 스펠먼이었다. 그 당시에 경찰은 단순 가출로 결론 내리고 사건을 종결했다.

샐리의 시신은 밀폐된 지하실에서 미라화가 된 채 발견되었다. 그나마 보존 상태가 좋아서 부검 후 여러 가지 정보를 얻었다. 사망 원인은 출산으로 인한 과다 출혈이었으나 이상하게도 태아의 흔적은 어디에도 없었다. 단순 사고일 가능성을 염두에 두고 수사하던 중, 피해자의 옷에서 2007년 6월 20일에 사용한 버스 승차권이 발견되었다. 화이트보드 아래쪽에 줄리아 과장의 가설이 적혀 있었다.

임신 사실을 부모에게 알릴 수 없었던 피해자가 혼자 애를 낳다가 사망한 걸까?

경감은 다음 화이트보드로 넘어갔다. 일주일 전에 실종된 헨리 돌이라는 소년의 시신이 그레이트폴스에서 10킬로미터 떨어진 숲에서 등산객에게 발견된 사건이었다. 출생 신고서, 학교 성적표, 증인 심문 기록 보고서 등의 자료를 두루 살펴보았다. 부검 보고서에는 피해자가 구타를 당하긴 했지만 성폭행 흔적은 없다고 적혀 있었다. 수사관들이 아무 단서도 찾지 못한 듯했다. 그다음 사건으로 넘어가려고 할 때였다.

"지금 여기서 뭐 해? 내가 알던 팀이라면 벌써 두 시간 전에 퇴근했을 텐데……."

경감은 화들짝 놀라 뒤돌아보았다.

"안녕, 줄리아? 단비에서 막 돌아온 참이야. 정리할 게 있어서. 그러다 다른 사건들의 수사 진행 상황을 보게 됐지."

두 사람 앞에는 전 복싱 세계 챔피언 제임스 보이드 사망 사건이 펼쳐져 있었다. 제임스가 운영하던 식당 사진과 감시 카메라에서 캡처한 화면들이 붙어 있었지만, 신문에서 읽은 내용 외의 새로운 정보는 없었다. 그는 심한 구타를 당한 뒤 며칠간 의식 불명 상태에 있다가 끝내 사망했다.

그때 언론에 공개되지 않은 정보가 경감의 눈에 포착되었다. 제임스는 술이나 약물에 취해서 공격에 대응을 할 수 없는 상태가 아니었다. 더욱 믿기지 않는 것은 싸움의 상대가 딱 한 명이었다는 것이다.

"어떻게 생각해?"

"음……, 샐리 스펠먼 건은 당신하고 생각이 같아. 숲에서 시신으로 발견된 소년에 대해서는 정보가 너무 없어서 모르겠고. 제임스 보이드 건은 미국 전역의 취재진이 우리 경찰서 앞으로 몰려들기를 바라지 않는다면 빨리 진상을 규명해야 할 것 같아. 세계 챔피언 출신이 무기도 없는 사내 한 명에게 맞아 죽었다고 하면 사람들이 우르르 달려들어 해명을 요구하겠지……."

"너무 지쳤어. 제발 단비 사건 때문에 우리 일이 늘어날 거라는 말은 하지 말아 줘."

줄리아 과장이 의자에 털썩 주저앉았다.

"그렇게 될 것 같은데 어쩌지? 일단은 내가 움직일게. 실종된 부부의 과거에 석연치 않은 부분이 많아서. 두 사람이 단비에 정착하기 전에 어떻게 살아왔는지 추적하려면 지원이 필요해."

"내 코가 석 자라는 거 몰라? 여기도 일손이 모자라 죽을 지경이야."

경감은 불만스러운 듯이 이맛살을 구기다가 갑자기 씩 웃었다. 줄리아 과장이 핀잔을 주었다.

"혼자 일당백을 해야 한다고 말했는데 웃음이 나와?"

"아, 그게 아니라 단비에서 가져온 산더미 같은 서류를 분석하는 작업을 도와줄 사람이 생각났어."

"누군지 나도 같이 알면 안 될까?"

경감이 입술 위에 손가락을 올렸다.

"비밀."

그러고는 줄리아 과장에게 손을 흔들며 서둘러 경찰서를 나섰다.

경감은 눈에 보이지 않는 연결 고리가 자신을 붙드는 듯한 느낌을 받았다. 잠시 걸음을 멈추고 눈을 감았다. 조금 전 화이트보드에서 보았던 정보 중 하나가 틀림없었다. 경찰서에 도로 들어가서 확인을 할까 망설이다가 한숨을 내쉬고 포기했다. 진짜 중요한 정보라면 다시 생각나겠지, 뭐…….

그 시각, 토머스는 추위에 곱은 손가락을 펴려고 입김을 호호 불고 있었다. 마침내 솔 아저씨가 알려 준 주소로 가야겠다는 결심이 섰다. 추위와 피로를 견딜 자신이 없었다. 간신히 눈을 붙인다 해도 살인범들과 마주칠지도 모른다는 두려움 때문에 두 발 뻗고 자지 못할 것이다.

아파트를 찾아가 주저하면서 초인종을 눌렀다. 문 너머에서 인기척이 들렸다. 안에서 문구멍으로 밖을 내다보는 눈치였다. 곧이어 안전 고리가 벗겨지는 소리가 나더니 문이 살짝 열렸다. 문틈으로 서른 살쯤 되어 보이는 여자의 얼굴이 나타났다.

"누구세요?"

"솔 브리검 아저씨가 보내서 왔어요."

"솔 아저씨가?"

"네."

"아저씨 소식을 듣게 되리라고는 기대도 못했는데……. 일단 들어와."

토머스가 거실로 들어가자 여자가 문을 닫았다.

"편한 데 앉아. 차 한 잔 줄까?"

따뜻한 음료를 목구멍으로 넘길 생각만으로도 마음이 푹 놓였다. 토머스는 고개를 끄덕이며 곧 쏟아질 질문 공세를 각오했다. 하지만 키가 자그마하고 편한 인상의 여자는 찻잔과 따뜻한 눈길을 건넬 뿐, 아무것도 묻지 않았다. 토머스는 오히려 불편한 기분이 들었다. 사람을 잘 믿는 편이 아닌 데다, 잠시 따뜻한 환대를 받았다고 해서 마음의 벽이 허물어지지도 않으니까. 그저 입을 꾹 다물고 김이 모락모락 올라오는 찻잔을 두 손으로 감쌌다. 얼었던 몸이 서서히 풀렸다.

"그거 다 마시고 복도 맨 끝방을 써."

"네."

"식사는 무료 급식소를 알아보면 돼. 급식소가 어디에 있는지는 알아?"

토머스가 고개를 젓자 여자가 명함 한 장을 건넸다.

"여기로 가 봐."

"감사합니다."

"그리고 이건 우리 집 열쇠야. 잃어버리지만 말고."

여자가 살짝 웃으며 열쇠를 건넸다. 토머스 얼굴에 놀란 기색이 스쳤다.

"이름 정도는 알아야지? 난 안나라고 해."

"전 토머스예요."

토머스의 머릿속에서 수많은 질문이 소용돌이쳤다. 이제 막 만난 사람이 상대가 누구인지 묻지도 따지지도 않고 자기 집 열쇠를 덥석 맡기다니……. 이런 신뢰는 받아 본 적도 없고, 가능하다고 생각해 본 적도 없었다. 토머스는 안나에게 받은 열쇠를 멀뚱멀뚱 바라보았다.

"가지고 다녀도 돼."

안나가 토머스의 생각을 읽은 것처럼 덧붙였다.

"놀랐나 보구나?"

"네."

"나는 그저 솔 아저씨에게 진 빚을 갚는 것뿐이야."

"빚이요?"

"아주 오래전 일이지만 나도 한때 너와 같은 처지였어. 거리의 추위와 온갖 위험에 노출된 노숙자였지. 죽을 고비를 몇 번이나 넘겼는지 몰라. 그러다 솔 아저씨를 만났어. 내가 죽치고 살던 거리에서 수사를 하면서 노숙자들을 심문할 일이 있었거든. 탐문 수사라나 뭐라나……."

안나는 잠시 말을 끊고 허공을 바라보다가 이내 말을 이었다.

"나는 아저씨에게 아무 정보도 주지 못했어. 그런데 나를 그냥 보내지 않더라고. 거리에서 뭘 하는지, 어쩌다 노숙자가 됐는지 알고 싶어 했어. 나도 뭐에 씌어 그런 얘길 다 했는지 몰라. 처음에는 입을 떼기 힘들었는데 그다음부터는 말이 술술 나오더라고. 누군가 나에게 관심을 보여 준 게 기억도 나지 않을 만큼 오랜만이었거든. 다 말해 버리니까

속이 후련했지. 보통 사람들에게는 별일 아닐지 몰라도 나 같은 거리의 아이에게는 굉장한 일이었어. 그런데 아저씨가 다음 날 또 찾아와서는 쉼터를 알아봐 주고, 식당 종업원 일도 구해 줬지."

토머스는 차를 홀짝거리면서 귀를 기울였다.

"그렇게 서서히 바닥에서 올라왔어. 그때는 아저씨도 나를 자주 보러 왔지. 저축이라는 걸 하기 시작했고, 마침내 이 작은 아파트를 빌려서 살게 됐어. 내 집이라고 부를 수 있는 곳이 난생처음 생긴 거야. 내가 제일 놀랐던 게 뭔지 아니?"

"글쎄요."

"솔 아저씨가 나에게 정말로 아무것도 바라지 않았다는 거였어. 우리 아버지가 나를 때리면서 늘상 하던 말이 '이 세상에 공짜는 없다.'였지. 나도 모르게 그 말을 철석같이 믿고 살았나 봐. 아저씨가 나를 거리에서 구해 줬을 때도 나에게 뭔가 바라는 게 있겠거니 생각했어. 음, 그때는 나도 꽤 예뻤거든."

"지금도 예뻐요."

토머스는 이렇게 말하며 얼굴을 붉혔다.

"고마워, 너도 귀여워. 어쨌든 나는 아저씨에게 신세를 졌으니까 대가를 치러야 한다고 생각하면서 기다렸어. 그런데 아무 말이 없기에 먼저 얘기를 꺼냈더니 아저씨가 뭐라고 했는 줄 아니?"

토머스는 어깨를 으쓱하고는 안나의 말이 이어지기를 기다렸다.

"아직도 토씨 하나 틀리지 않고 기억해. '안나, 너는 지금까지 운이 없었어. 하지만 인생은 크고 울창한 나무란다. 재수가 없어서 계속 썩은 나뭇가지만 잡았더라도 결국 튼튼한 나뭇가지를 잡고 우듬지까지 올라가면 지평선이 보일 거야.' 그날 그 말을 듣고 얼마나 울었는지 몰라."

토머스는 자기 발로 설 수 있었던 시절의 솔 아저씨와 그 앞에서 눈물을 흘리는 지금보다 열 살 정도 어린 안나를 상상했다.

"그날부터 솔 아저씨를 절대적으로 믿고 의지하기 시작했어. 그리고 가끔은 나도 다른 누군가에게 도움의 손길을 내밀게 됐지. 아저씨가 너 같은 아이를 보내면 집에서 재워 주는 식으로……."

"그래서 저한테 아무것도 묻지 않은 거예요?"

"솔 아저씨는 너를 믿고 내 주소를 알려 줬을 거야. 그거면 충분해."

토머스는 안나에게 모든 것을 털어놓고 싶은 유혹에 시달렸다. 하지만 고약한 기억들이 밀려왔다. 부모님의 조언을 무시하고 누군가를 자신의 세계에 맞아들일 때마다 꼭 안 좋은 일이 생겼으니까. 그 빌어먹을 능력을 사용한 여파로 이사를 얼마나 많이 다녀야 했는지 모른다. 평범했다면 얼마나 좋을까! 토머스는 안나에게 이런저런 이야기를 늘어놓고 싶은 마음을 가까스로 억누른 채 방 안으로 들어가 침대에 누웠다.

## 2007년 6월 20일

팀 경감은 걸음을 멈추고 적군의 역량을 가늠하는 장수처럼 병원을 노려보았다. 이곳을 찾을 때마다 안 좋은 소식을 들었다. 솔을 따라 수술실 앞까지 갔던 악몽 같은 하루가 떠올랐다. 대기실에서 몇 시간을 기다리는 동안 불안이 걷잡을 수 없이 커졌다. 경감은 솔의 수술을 담당한 의사가 입을 열기도 전에 결과를 예감했다.

"안타깝지만 친구분은 두 번 다시 걷지 못할 겁니다. 저희도 최선을 다했습니다만……."

경감은 숨을 크게 들이마시고 건물 안으로 성큼성큼 걸어 들어갔다. 안내 데스크의 직원이 산부인과로 가는 길을 친절하게 알려 주었다. 미궁 같은 복도에서 안내판을 따라 헤매다가 마침내 산부인과에 도착했다. 용건을 말하자 간호사는 눈살을 찌푸리면서 전화기를 들었다. 담당 의사는 환자를 보는 중이지만 최대한 빨리 오겠다고 했다.

"대기실에서 기다려 주세요."

경감은 간호사의 말에 고개를 끄덕인 뒤 대기실에 들어가 앉았다. 어차피 시간을 죽일 바에는 어젯밤 경찰서를 나올 때 받았던 찜찜한 느낌을 파헤쳐 보자 싶었다. 줄리아 과장의 화이트보드에서 뭔가 중요한 정보를 본 것 같았는데……. 아침에 일어날 때부터 마음속에서 알람이 울렸다. 절대로 무시해서는 안 되는 신호였다.

눈을 감고 세 개의 화이트보드에 흩어져 있던 자료들의 이미지를 재구성하려고 애썼다. 하나하나 보았을 때는 아무 관련 없이 따로 노는 단편적인 정보들이었지만, 뭔지 모르게 한 줄기로 쫙 꿰어지는 단서가 있을 것만 같았다. 사건을 조사하고 데이터를 차곡차곡 모으다 보면 조금씩 미스터리의 윤곽이 드러나면서 진실이 밝혀지는 순간이 올 것이다.

경감은 며칠 전부터 다시금 그 흥분, 그러니까 중요한 사건을 맡을 때 내면 깊숙이에서 깨어나는 야수의 본능 같은 것을 느끼고 있었다. 그동안 어떻게 지하실에 처박혀 살았던 걸까? 이 특별한 느낌 없이 살 수 있다고 믿었다니……. 경감은 자신의 진짜 인생이 그동안 유예 상태에 있다가 비로소 재개된 듯한 기분을 느꼈다. 비로소 베테랑 수사관 팀 던컨으로 돌아온 것이다.

그때 머리를 짧게 자른 오십 대 남자가 대기실 문을 열고 기운차게 들어왔다. 사람들에게 대우받는 게 익숙한 사람 특유의 분위기가 풍겼다.

"안녕하세요? 악수를 청하지 못하는 점 양해해 주세요."

의사는 오른손 엄지와 검지에 깁스를 하고 있었다.

"제가 경찰을 고발한 건으로 오셨지요?"

경감은 의사의 영문 모를 소리에 고개를 갸웃했다.

"고발이요?"

"그래요, 경찰이 내 손가락을 이렇게 만들었으니까요."

"죄송한데 금시초문입니다. 저는 범죄 수사과 소속 형사예요. 경찰과 어떤 실랑이가 있었는지 모르지만, 유감스럽게도 그건 제 소관이 아닙니다."

"실랑이라고요? 경찰이 일으킨 불상사를 그런 식으로 말하다니요!"

"진정하세요. 저는 선생님이 무슨 얘기를 하는지 전혀 모르겠습니다. 무슨 일이 있었는지부터 차분하게 말씀해 주세요."

"며칠 전에 당신 동료 두 명이 이곳에 난입했습니다. 예고도 없이 불쑥 찾아와서는 16년 전에 이곳에서 진행한 분만에 대해 말도 안 되는 질문을 퍼붓더군요. 아닌 밤중에 홍두깨도 유분수지! 당시에 난 이 병원 의사도 아니었다고요! 내가 우리 산부인과에서 해마다 1,000명이 넘는 산모가 분만을 하는데, 그런 질문에 어떻게 대답을 하겠느냐고 했지요. 되레 그 사람들이 성질을 부립디다. 그러다가 한 명에게 폭행까지 당해서 손가락이 골절됐어요. 이래 가지고 어떻게 일을 합니까?"

"그 사람들이 정확히 뭘 물어보던가요?"

"젠장! 당신도 똑같은 족속이로군. 경찰이 날 폭행했다고요! 그런데도 당신은 그들이 뭘 물어봤는지가 중요합니까?"

"그들의 인상착의를 알려 주시겠습니까?"

"한 명은 키가 크고 건장했어요. 다른 한 명은 키는 좀 작은데 얼굴에 칼자국 같은 흉터가 있습디다. 둘 다 검은색 양복을 입고 있었고요."

경감은 등줄기가 쭈뼛 서는 기분이 들었다. 경찰을 사칭한 이인조의 인상착의가 토머스 핸들의 친구인 재크의 진술과 완전히 일치했기 때문이다. 두 소년이 헛소리를 지껄였을 가능성이 점점 흐려지고 있었다.

"그레이트폴스 경찰서 소속이라면 내가 모를 리 없습니다. 우리 경찰서 소속이 아닌 것 같습니다."

"뭐라고요? 하지만 경찰 배지를 보여 주던걸요!"

"그건 인터넷에서 아무나 구할 수 있어요. 배지를 자세히 봤습니까?"

"아뇨, 자세히 보지는 않았지만……. 정말 경찰이 아니라고 확신합니까?"

"확신합니다. 그들이 어떤 정보를 얻어 갔습니까?"

의사의 얼굴에 어두운 빛이 스쳤다.

"그래요……, 솔직히 너무 무섭게 굴어서요. 게다가 진짜 경찰인 줄 알았거든요. 이해하시지요?"

"선생님을 책망할 생각은 조금도 없습니다. 그들이 뭘 궁금해하던가요?"

"별건 아니에요. 당시 분만을 맡았던 의사가 작년에 심장마비로 사망했고, 그때 일하던 간호사들도 대부분 다른 병원으로 옮겼거나 은퇴했다는 사실을 확인하고 갔어요."

"대부분이요?"

"네, 좀 더 깊이 파 보면 당시 우리 병원에서 일했던 사람을 찾아낼 수 있을 겁니다."

"그들에게도 그렇게 말했습니까?"

"아뇨, 그냥 빨리 보내 버리고 싶은 마음에 정식으로 공문을 가져와야 원하는 정보를 얻을 수 있을 거라고 했습니다."

"관련 서류가 병원 내에 있나요?"

"네, 지하에 보관하고 있어요."

경감이 씩 웃자 의사가 의아한 표정으로 물었다.

"제가 뭐 우스운 말이라도 했나요?"

"아닙니다. 제가 요즘 지하에 드나드는 일이 많아서요."

경감은 수첩을 꺼내서 토머스 핸들의 출생일을 찾았다.

"혹시 그들이 2007년 6월 20일에 있었던 분만을 캐물었나요?"

의사의 휘둥그레진 눈이 이미 대답을 준 셈이었다.

"그걸 어떻게 알았어요?"

경감이 뭐라고 대꾸하려는 순간, 문득 어떤 생각이 초고속 열차처럼 그의 뇌리를 강하게 치고 갔다.

"젠장!"

"왜요?"

"아, 선생님과는 상관없는 일입니다. 문서 보관실에 빨리 가 봐야겠어요. 그 당시 산부인과에서 일했던 직원들의 명단을 하나도 빠짐없이 보내 주시면 감사하겠습니다."

"뭔가 잘못 알고 있는 것 같은데 전 경찰이 아니에요. 환자도 봐야 하고 할 일이 많다고요!"

"선생님, 제가 굳이 병원장에게까지 연락을 해야 할까요?"

의사는 깁스를 한 손가락을 물끄러미 내려다보았다.

"물론 그럴 수도 있다는 걸 알려 드린 것뿐이에요."

"재미없는 농담이네요. 어쨌든 명단은 내일 보내 드리지요."

"고맙습니다, 선생님."

경감은 엘리베이터 안에서 줄리아 과장에게 전화를 걸었다.

"줄리아, 지금 경찰서야?"

"응, 막 들어왔어. 숲에서 발견된 시신 사건을 보는 중이야."

"뭐 하나만 확인해 줄래?"

"뭔데?"

"그 소년의 생년월일을 확인해 줘."

"잠시만……, 2007년 6월 20일이야."

"확실하지?"

"응."

"그럼 이제 샐리 스펠먼의 옷에서 나온 승차권 사용 날짜를 확인해 줘."

"가만……, 2007년 6월 20일. 우라질! 왜 이걸 놓쳤지? 당신, 뭘 발견했어?"

"몇 가지 더 확인해 봐야겠지만 길은 제대로 든 것 같아. 내일 전체 회의를 소집해 줘."

"알았어. 하지만 나도 당신 뒤치다꺼리나 하고 싶진 않거든? 수사과장은 나라는 거 잊지 마."

줄리아 과장이 신경질적으로 말했다.

"나를 믿어, 줄리아. 이건 대박이야."

"당신이 그렇게까지 말한다면……."

"마지막으로 하나만 더 확인해 줘. 버스 승차권의 사용일이 언론에 공개됐나?"

"당연히 아니지. 우리를 어떻게 보고 하는 말이야? 언론은 그런 승차권이 있다는 것조차 몰라."

"좋아, 고마워."

경감은 전화를 끊고 수첩에 메모를 했다. 등줄기를 따라 소름이 쭉 끼쳤다.

세 개의 사건, 동일한 날짜.

토머스 핸들이 입양아라면 출산 후 사망한 여성의 친자일 확률이 얼마나 될까? DNA 검사가 가능한가?

버스 승차권의 정보는 비공개 상태. 그런데 이 정보가 이 사건을 촉발시킨 거라면? 정보가 새고 있다는 말? 우리 경찰서에 스파이가 있다?!

경감은 마음속에 퍼지는 먹먹한 불안을 몰아내려고 애쓰면서 문서 보관실로 통하는 긴 복도를 따라 걸었다. 사무실 문을 열자 낡아 빠진 책상 앞에 앉아 있던 키 작은 중년 남자가 고개를 번쩍 들었다. 남자의 코 위에는 알이 작은 금테 안경이 얹혀 있었다. 경감은 그 남자가 자기를 제대로 볼 수나 있는지 궁금했다.

"무슨 일로 여기까지 행차하셨는지요?"

경감은 남자의 말투가 웃기다고 생각하면서 용무를 밝혔다. 남자가 딱 잘라 말했다.

"법적 효력이 있는 공문 없이는 의료 기록 열람은 절대로 불가합니다."

"공문이 필요하다면 오늘 안에 들고 오겠습니다. 하지만 그 정보를 봐야만 수사가 진척됩니다. 난 지금 시간과 싸우고 있어요."

남자는 한참 망설이다가 입을 열었다.

"알았습니다. 따라오세요. 2010년 이전 자료는 전산화되어 있지 않아서요."

경감은 남자를 따라서 종이 상자가 잔뜩 쌓여 있는 선반들 사이를 지나갔다. 미로처럼 꼬불꼬불한 통로가 끝없이 이어져 있었다.

"어디 보자……. 2007년 자료가 여기에 있네요. 6월이라고 했지요?"

"네, 6월 20일입니다."

"어? 이상한데……. 종이 상자가 하나 비네요."

경감이 남자 곁으로 바짝 다가갔다.

"보세요, 여기 4월과 5월은 있는데 6월이 없고, 바로 7월이에요."

"혹시 6월의 기록을 5월이나 7월과 합쳐 놓은 건 아닙니까?"

"아뇨, 그럴 리 없습니다. 그리고 여기에 빈자리가 있잖아요. 종이 상자 하나가 들어가면 딱 맞을 공간이지요. 게다가 선반 위를 보니 여기만 먼지를 밀어낸 흔적이 있어요. 이런 일이 어떻게 일어났는지 모르겠지만요."

"병원 직원들이 여기를 자유롭게 드나들 수 있습니까?"

"아니요, 제가 입구를 지키고 있지 않을 때는 늘 잠가 두는데요."

"최근에 뭔가 이상한 일은 없었습니까? 불법 침입이라든가, 누가 저처럼 찾아와서 같은 정보를 요구했다든가……."

"그런 일은 없었습니다. 아, 실은…… 병원 건물 모서리 쪽 유리창이 깨진 적이 있네요. 어떤 개구쟁이가 사고를 쳤다고 생각했습니다만."

"사람이 드나들 수 있을 만큼 큰 창입니까?"

"네, 그럴 겁니다."

"2007년 6월 20일에 이 병원에서 태어난 아이들과 그 당시 근무했던 의료진의 명단을 알아낼 다른 방법이 없을까요?"

남자가 턱을 긁적였다.

"아이들이야 관공서에 출생 신고를 조사해 보면 알아낼 수도 있겠지요. 그레이트폴스에는 이 시립 병원밖에 없으니까 집에서 출산하지 않은 이상, 그 날짜로 출생 신고가 된 아이들은 다 여기에서 태어났을 겁니다. 의료진 명단은 자료 없이 찾으려면 시간이 많이 걸릴 것 같네요. 인사 기록부나 급여 명세서를 다 뒤져야 해서요. 그런 쪽이라면 원무과를 찾아가는 편이 나을 겁니다."

"잘 알았습니다. 도와주셔서 감사합니다."

"더 도와 드리지 못해 안타깝네요."

경감은 수첩에 몇 가지를 더 끼적인 뒤 솔에게 문자로 오늘 하루 발견한 정보들을 전달했다. 그러고는 곧장 시청을 향해 차를 몰았다.

토머스는 안나의 집에서 하룻밤 푹 잤더니 좀 살 것 같았다. 오전 10시에 눈을 떠서는 기운을 충전해 다시 거리로 나갔다. 어제보단 한결 마음이 편해졌지만, 머릿속에는 여전히 답을 찾지 못한 질문들이 맴돌았다. 솔이 경찰에게 새로운 정보를 얻었을지도 모른다는 생각이 들었다. 약속 시간이 아직 많이 남았지만 기다리기가 지겨워서 곧장 요양원으로 향했다.

솔은 토머스를 보고 놀란 표정을 지었다.

"알아요, 제가 좀 일찍 온 거……."

"좀이 아니지, 몇 시간이나 남았는데."

"거리에서 시간 죽이는 짓도 더는 못하겠어요."

"안나의 아파트에는 찾아갔어?"

"네, 고마워요. 좋은 사람이던데요. 아저씨도요. 안나 누나를 노숙자 생활에서 구해 줬다면서요."

"죽어라 매달려도 바뀌지 않는 것들이 있지. 반면에 손가락 하나 까딱했을 뿐인데 한 생명이 올바른 방향을 찾는 경우도 있고."

솔의 목소리에는 절망 어린 슬픔이 배어 있었다.

"뭐 새로운 소식은 없어요?"

"아직은. 팀이 어제는 전화도 없었고, 날 보러 오지도 않았거든. 무소식이 희소식이긴 해. 그 친구가 단서를 잡아서 바쁘게 일하고 있다는 신호니까."

"아저씨가 그렇다면 그런 거겠죠."

"자, 그럼 이제 뭘 할까? 오늘도 팀에게서 연락이 올지 안 올지 모르는데 하염없이 나만 보고 있을 거야?"

"달리 할 일도 없어요."

"나도 그래."

어색한 침묵이 흐른 뒤 토머스가 물었다.

"보통 낮에는 뭘 해요?"

"당직 간호사가 누구냐에 달렸지. 어제처럼 다프네가 당직인 날은 세안과 가벼운 몸단장도 하고, 장소도 좀 옮겨 다닐 수 있어. 다프네가 시간이 있으면 약간의 대화도 나누고, 탁자 위에 놓여 있는 책을 한 챕터 읽어 주지."

"겨우 한 챕터요?"

"운이 좋으면 두 챕터까지도?"

"다프네 선생님이 당직이 아닐 때는요?"

"더 시원찮은 하루가 되지. 로즈는 나를 온종일 한곳에 앉혀 놓고 저녁 여덟 시에나 침대에 눕히러 오거든. 그럴 땐 리지가 가끔 찾아와서 말을 걸어 줘. 그래 놓고 금방 딴 데로 가 버리지만. 내가 함께 있기에 편한 사람이 아닌가 봐."

"로즈 선생님은 왜 아저씨를 성의껏 돌보지 않는 거예요?"

"해는 왜 동쪽에서 뜨고 서쪽으로 지니?"

"무슨 말인지 알겠어요. 그러니까 오늘은 로즈 데이로군요. 어떻게 온종일 아무것도 안 하고 버틸 수 있어요?"

"이 염병할 휠체어에 처박혀서 뭘 어쩌겠니?"

"바보 같은 질문을 했네요."

"너도 나만큼이나 사교성이 떨어지는 것 같구나. 내가 로즈 데이를 어떻게 보내는지 말했으니까, 너도 부모님과 행복했던 추억 하나 풀어

보는 건 어때?"

"좋아요. 그런 다음엔 또 뭘 할까요?"

"저기 텔레비전 맞은편을 봐. 휠체어에 앉아 있는 세 사람 보여?"

토머스가 고개를 끄덕였다.

"셋 중에서 누가 제일 먼저 침을 흘리는지 알아맞히는 내기하자."

"내기에 뭘 걸어요?"

"내가 이기면 책을 한 챕터 읽어 줘."

"좋아요, 만약에 제가 이기면 아저씨를 데리고 산책을 나가게 해 주세요. 온종일 여기에서 소독약 냄새를 맡고 있다가는 머리가 어떻게 될 것 같아요."

"오케이, 나는 저 할머니에게 걸게."

"전 턱수염 난 할아버지로 할래요."

"쯧쯧, 잘못 골랐어. 자세히 봐, 아까 흘린 침이 덜 말라서 수염 끝이 번들거리지? 저 할아버지가 또다시 침을 흘리려면 시간이 더 필요할 걸."

"길고 짧은 건 대봐야 아는 거예요."

서로 한마디도 지지 않으려 드는 유치원생들이 따로 없었다. 두 사람은 내기의 결과를 끈기 있게 기다렸다.

"그런데 아무도 침을 흘리지 않으면 어떻게 되는 거예요?"

토머스가 참다못해 물었다.

"내가 괜히 저 세 명을 고른 게 아니라고."

몇 분이 지난 후, 대결은 토머스의 완벽한 승리로 막을 내렸다. 솔은 미소를 지으며 결과에 깨끗이 승복했다.

"그럼, 이제 산책을 나갈까요?"

"그래, 네가 약속을 잊지 않았다면 말이야. 아까 부모님과 행복했던 추억을 말해 주기로 했잖아."

토머스는 솔에게 외투를 입혀 주었다. 몸을 전혀 쓰지 못했기에 옷을 걸치는 게 쉽지 않았다.

"내가 왜 밖에 나가고 싶어하지 않는지 이해가 가지?"

두 사람은 나갈 채비를 마친 뒤 안내 데스크 앞을 지나갔다. 솔이 로즈에게 윙크를 했다.

"솔, 괜찮으시겠……."

"그럼요, 로즈. 괜찮고말고요. 하던 일 계속해요."

로즈가 눈으로 총을 쏠 수 있었다면 솔은 살아남지 못했을 터였다. 솔의 얼굴이 의기양양한 미소로 환하게 빛났다. 그는 요양원 건물에서 나오자마자 신선한 공기를 크게 들이마셨다.

"정말 좋구나."

"바람을 쐬는 거요, 아니면 간호사에게 무안을 준 거요?"

"둘 다. 고마워, 토머스."

"고맙긴요."

"추억 얘기는 언제 할 거지?"

토머스는 최근에 일어난 일들이 떠올라 좋았던 기분이 순식간에 날아갔다. 자기도 모르게 턱에 힘이 들어갔다. 아픔이 다시 몰려왔다.

"그게요……, 부모님 생각을 할 때마다 주방 바닥에 피를 흘리며 쓰러져 계시던 모습부터 떠올라서요."

"오히려 그렇기 때문에 아름답고 좋았던 기억을 떠올리는 게 더 중요하단다. 최고의 기억을 떠올려 봐."

토머스는 과거를 돌아보며 수줍게 이야기를 꺼냈다.

"사실은 좋았던 기억이 정말 많아요. 아버지랑 축구를 하다가 공이 이웃집 담장 안으로 넘어갔던 일이라든가……, 그런 소소한 기억들요. 아버지가 썰렁한 농담을 해도 어머니는 배를 잡고 웃곤 하셨어요."

"단 하나의 기억만 남길 수 있다면?"

"부모님과 2박 3일 캠핑 갔던 기억을 남길 거예요. 배낭, 텐트, 그리고 민물낚시용 장비만 간단히 들고 갔어요. 솔직히 시골을 좋아하는 편은 아니지만, 그땐 정말 세상만사에서 벗어나 아무 걱정을 모르고 지냈어요. 마치 일상이라는 바다로 다시 뛰어들기 위해서 크게 숨을 들이마신 것 같은 시간이었거든요."

"듣는 것만으로도 기운이 나는 추억이구나. 그런데 이해가 되지 않는 게 있어. 너는 일상이 굉장히 힘겹고 부담되는 것처럼 말하는데, 보통 네 나이 또래의 아이들은 큰 걱정 없이 친구들과 어울리거나 그럴 때 아냐?"

"이사를 많이 다녔거든요. 그래서 친구를 사귀기가 힘들었어요."

"부모님의 직장 문제로 이사를 다녔니?"

이런 질문을 받을 때마다 미리 정해 둔 답이 있었지만, 토머스는 거짓말을 하고 싶지 않았다.

"다른 이야기를 하면 안 될까요?"

"응, 그래도 돼."

두 사람은 다시 병실로 돌아왔다. 그리고 몇 시간에 걸쳐 이런저런 얘기를 나누었다. 토머스는 솔과 함께 있으면 마음이 편했다. 재크와 있을 때보다. 부모님을 제외하고 살면서 가장 오랫동안 대화를 나눈 상대가 전직 경찰인 오십 대 사지 마비 환자라니.

방문객이 돌아가야 할 시각이 되자 토머스는 침대머리 탁자에 놓여 있던 솔의 휴대폰을 물끄러미 보았다.

"문자 메시지가 온 것 같아요."

솔이 빙긋 웃었다.

"뭘 기다려? 나 혼자서는 못하는 일인데 직접 확인해 봐."

"팀 경감님 메시지예요."

솔, 안녕? 핸들 일가 사건의 수사에 진척이 있었어. 우리가 찾고 있는 그 집 아들이 일주일 전에 숲에서 시신으로 발견된 소년과 생일이 같아. 설상가상으로 얼마 전에 거의 미라 상태로 발견된 여성의 시신에서도 소년들의 생일과 같은 날짜에 사용한 승차권이 나왔어. 대박 사건의 조짐이 보여. 문제의 그 날짜는 2007년 6월 20일이야…….

솔이 토머스를 처음 만난 사람 보듯이 낯설게 바라보았다.

"토머스, 뭘 숨기고 있는 거니?"

토머스는 아무 말도 할 수 없었다. 팀 경감의 메시지는 모든 것을 휩쓸고 가는 태풍 같았다. 두 건의 살인 사건과 관련되어 있다니. 사태는 생각보다 더 무시무시했다. 토머스는 생각할 시간이 필요했다.

"토머스?"

"나는 그놈들을 몰라요. 정말이에요!"

솔은 압박을 멈추지 않았다.

"그들이 너를 쫓는 데에는 그럴 만한 이유가 있겠지. 너는 나에게 모든 걸 털어놓지 않았어."

"이만 가 봐야겠어요."

토머스는 솔의 휠체어를 휴게실로 밀고 들어갔다. 휴게실 반대쪽 끝에서 리지 할머니와 다른 환자들이 카드놀이를 하고 있었다. 리지 할머니가 토머스를 보고 웃더니 솔에게도 손을 들어 보였다.

"토머스, 난 내 병실로 가고 싶어. 우리는 아직 할 얘기가 있어!"

솔이 목소리를 낮추어 다급하게 말했지만, 토머스는 아무 말도 못 들은 척하며 계속 휠체어를 밀었다.

"너, 지금 뭐 하는 거야?"

"이 빌어먹을 곳에서 그나마 조금은 활기가 넘치는 곳에 모셔다 드리려고요."

"싫어."

"싫어도 할 수 없어요. 리지 할머니, 안녕하세요? 게임에 한 명 더 껴도 될까요?"

"대환영이지!"

리지 할머니가 활짝 웃으며 대꾸하자 솔이 허둥대며 말했다.

"아니, 전 됐어요. 방해하고 싶지 않아요. 어차피 내 손으로 카드를 들지도 못하는걸요."

"어머, 그건 조금도 문제가 안 돼요. 내가 대신 카드를 들어 줄 테니까 어떤 카드를 낼지 말만 해요."

토머스는 리지 할머니에게 솔을 떠맡겼다. 그러고는 성난 눈으로 쏘아보는 그에게 미안해하는 시늉을 한 후 얼른 그곳을 빠져나왔다.

팀 경감은 밤이 다 되어서야 경찰서로 복귀했다. 기껏 시청까지 들렀건만 근무 시간이 끝나서 빈손으로 돌아왔다. 일단 사무실에서 2007년 6월 20일 출생자 명단을 확보하기 위해 몇 군데 전화를 돌릴 작정이었다. 지하로 난 계단을 내려가는 도중에 휴대폰 벨소리가 울렸다.

"여보세요?"

"팀 경감님이십니까?"

"네, 그런데요."

"아나톨 피티입니다."

들어 본 적이 있는 이름이었지만 정확히 누구인지 감이 잡히지 않아서 잠자코 기다렸다.

"상가 약국의 아나톨 피티입니다. 약품 도난 사건이 어떻게 되고 있는지 궁금해서 연락드렸어요."

경감은 턱수염을 긁적거렸다. 기술팀에게 영상 분석을 맡겨 놓고 까맣게 잊고 있었던 것이다.

"안녕하세요? 요즘 기술팀에 일이 많아서 결과가 좀 늦어지네요. 새로운 단서가 나오는 대로 연락 드리지요."

꼬장꼬장한 약사가 투덜대는 듯했지만 정확히 뭐라고 하는지는 듣지 못했다. 경감은 시시한 약품 도난 사건쯤은 좀 미뤄 두어도 괜찮을 거라고 생각했다.

사무실에 도착하자마자 자리에 앉아서 시청의 모든 번호로 전화를 걸었지만 아무도 받지 않았다. 경감은 전화기를 빤히 노려보다가 문득 책상 위에 놓인 마카롱 상자에 눈길을 주었다. 최근 들어 군것질을 하고 싶은 마음이 조금도 들지 않아서 상자는 거의 꽉 차 있었다. 경감이 원하는 것은 오직 하나, 핸들 일가족 사건과 다른 살인 사건들 사이의 연결 고리가 무엇인지 알아내는 것뿐이었다.

사무실에 죽치고 있어 봤자 할 수 있는 일이 없어서 기술팀을 찾아갔다. 동영상 분석은 진즉에 끝났을 것이다. 귀찮게 구는 약사부터 떨구어 낸 후 핸들 일가족 사건에 전념하는 것이 나을 듯했다. 계단으로 기술팀이 위치한 꼭대기 층까지 오르느라 숨이 턱까지 차올랐다.

컴퓨터 관련 업무를 총괄하는 스탠은 컴퓨터 앞에서 살다시피 했지만, 텔레비전 드라마나 영화에 나오는 여드름투성이 괴짜 이미지가 아니었다. 운동선수 빰치게 몸도 좋고 스타일도 좋은 이십 대 청년이었다.

"오, 경감님! 마침 전화하려던 참인데 잘 오셨어요."

스탠이 경감을 보고 반색했다.

"내가 이 몸을 끌고 꼭대기 층까지 올라오기 전에 전화 좀 주지 그랬어?"

"안 그래도 이리 와 보셔야 한다고 전화드렸을 거예요. 직접 보셔야 하거든요. 솔직히 말해서 동영상의 미스터리를 아직 풀지 못했어요."

"자네에게 기적을 기대하진 않았어. 도둑이 스카프와 모자로 무장하고 있어서 얼굴을 통 알아볼 수가 없더라고."

"그것 말고도 이상한 점이 있어요. 일단 앉아서 이것 좀 보세요. 영상에서 도둑이 보였다가 안 보였다가 하죠? 처음에는 장비 문제인 줄 알았어요. 하드 디스크가 중고품이거나 카메라에 문제가 있을지도 모른다고요."

"나도 그렇게 짐작했어."

"그런데 하드 디스크가 새 상품이더라고요? 이제 화면 왼쪽에 잡힌 벽시계를 보세요. 동영상이 시작하는 시점에 시계가 정확히 10시 2분을 가리키고 있죠?"

스탠이 휴대폰을 꺼내더니 동영상 재생에 맞추어 스톱워치를 작동시켰다.

"그래, 벽시계에 이상이 없다는 건 잘 알겠어. 아주 굉장한 걸 발견했군그래."

"경감님이 본 것처럼 시계도, 하드 디스크도 멀쩡해요. 영상에 문제가 있는 것도 아니고요. 고민하다가 영상 이미지를 1초당 24컷으로 잘라서 하나하나 분석해 봤는데요. 이 도둑이 1분 안에 얼마나 많은 일을 해냈는지 아세요? 자, 이게 1초당 24컷으로 분할한 화면 중에서 24번째 컷들만 모아 놓은 거예요. 그런데 여기에서도 인물이 간헐적으로 사라지잖아요? 이 문제에 대해 논리적으로 타당한 답은 순간 이동을 한다고 보는 것뿐이에요. 솔직히 말씀해 보세요. 혹시 이거 몰래카메라 아니에요? 다 같이 짜고서 절 시험하시는 거죠?"

"스탠, 내가 왜 자네에게 장난을 치겠어? 도둑은 틀림없이 전파 방해 장치 같은 걸 써서……."

"그런 걸 쓰면 화면 전체가 뚝뚝 끊어져요. 그런 식으로 녹화를 방해했다고 볼 만한 흔적은 전혀 없다고요. 영상 분석 결과로는 도둑이 아주 짧은 시간 안에 많은 일을 처리했다고밖에 볼 수 없어요."

"약국 주인에게 뭐라고 말해야 할지 모르겠군."

"그건 고민할 필요 없어요. 도둑의 얼굴 이미지는 캡처했으니까요. 그렇지만 과학적으로 설명할 수 없는 부분 때문에 당분간 잠이 안 올 것 같다니까요? 동영상을 잘게 끊어 보니까 스카프가 약간 아래로 내려가면서 얼굴이 드러나는 장면이 하나 있더라고요. 이게 제일 선명하게 뽑은 건데……."

경감은 스탠이 내민 프린트물을 받아 들고 깜짝 놀라 소리쳤다.

"말도 안 돼!"

"혹시 아는 얼굴이에요?"

"이 소년의 일가족이 얼마 전에 실종돼서 추적하고 있는 중이야."

"우연의 일치라고 보기엔 이상한 점이 많네요."

경감은 뭐라 할 말이 없었다. 진실에 다가갔다고 생각할 때마다 그의 가설을 뒤집는 새로운 발견이 나타났다. 그는 지독한 두통을 느끼며 인상을 찡그린 채 이마를 손으로 문질렀다.

"괜찮으세요?"

스탠이 걱정스레 물었다.

"응, 괜찮아. 그냥 머리가 좀 아파서……. 이 사건에 엄청 복잡한 사연이 얽혀 있는 것 같아. 그래도 자네 덕분에 이 소년이 얼마 전까지 이 근처에 있었다는 사실을 알게 됐으니 성과가 있군. 얘도 뭘 좀 먹어야 살겠지. 무료 급식소를 운영하는 자선 단체 쪽 소식통들에게 전화를 돌려야겠어. 꼭 잡고 말 거야!"

스탠이 피식 웃으며 말했다.

"경감님, 조심해요. 그 녀석…… 번개처럼 빠르다고요."

그날 새벽, 경감은 눈이 저절로 번쩍 떠졌다. 간밤에 온 문자 메시지부터 확인했다. 2007년 6월 20일 그레이트폴스의 출생자 명단이 들어와 있었다. 토머스 핸들과 숲에서 시신으로 발견된 소년을 제외하고도 세 명이 더 있었다. 경감은 세 명의 이름을 수첩에 적은 뒤, 메시지의 명단을 복사해 줄리아 과장에게 전송했다.

이 세 사람에게 빨리 보호 조치를 취할 것!

줄리아 과장이 어떻게 반응할지는 알 수 없었다. 경감은 자리에서 일어나 간단하게 아침 식사를 한 뒤 시계를 확인했다. 오늘 회의가 얼마나 중요한지 잘 알고 있었다. 앞으로의 직장 생활이 오늘의 사건 브리핑에 달렸다고 해도 과언이 아니었다. 보고서를 작성하기 전에 최대한 많은 정보를 알아내려고 했던 것도 그 때문이었다.

그래서 아침 일찍 그레이트폴스 근교의 초등학교를 방문했다. 토머스 핸들이 전학 가기 전에 6개월 정도 다녔는데, 어느 학교와 다르지 않은 평범한 곳이었다. 담벼락에 둘러싸인 자그마한 운동장, 어린이용 놀이 기구, 그리고 반경 수백 미터 안에서 다 들릴 만큼 요란하게 고함치며 뛰노는 아이들.

그때 중년 여성이 교문 앞에 우두커니 서 있는 경감에게 웃으며 다가왔다.

"팀 경감님이신가요? 이 학교 교장 어맨다 왓슨입니다. 안으로 모실게요. 여기에서는 우리 귀여운 천사들이 소란을 피우기도 해서요."

"네, 자리를 옮기지요."

경감은 정신없이 시끄러운 운동장을 벗어나게 되어 내심 반가웠다. 교장을 따라 복도를 지나 교무실 안으로 들어갔다.

"커피, 괜찮으세요?"

"좋지요."

경감은 대답하면서 유리창을 닦느라 분주한 청소부의 활발한 움직임에 짐짓 눈길을 주었다. 교장이 경감의 눈치를 살폈다.

"나가 달라고 할까요?"

"아닙니다. 그럴 필요까진 없어요."

"음, 그러니까 우리 학교에 다녔던 학생의 정보가 필요하신 거죠?"

"네, 이름은 토머스 핸들입니다."

"안 그래도 전화를 받고서 기록을 살펴봤어요. 우리 학교에는 반년밖에 다니지 않았더라고요. 성적도 좋았고, 특기할 만한 사항은 없었어요. 전화로 말씀드려도 충분한 얘기인데, 괜히 여기까지 오시게 한 건 아닌가 싶네요. 참, 타니아? 혹시 토머스 핸들이라는 아이 기억나요? 8년 전에 1학년으로 잠시 재학했던 학생이에요."

타니아는 교장의 질문이 갑작스러웠는지 눈을 동그랗게 떴다.

"아뇨, 전 모르는 아이예요."

"그렇다네요. 먼 길 오셨는데 도움이 되지 못해 죄송해요."

경감은 타니아를 유심히 살펴보았다. 어쩐지 몸짓이 부자연스러웠다. 갑자기 청소에 열의를 불태우는 모습 또한 어색하기 짝이 없었다. 형사로서의 본능이 깨어났다.

"토머스 핸들의 담임 선생님을 만나 볼 수 있을까요?"

"지금요?"

"아주 잠깐이면 됩니다."

"음……, 그럼 잠시만 기다려 주시겠어요?"

"네, 그러지요."

경감은 교장이 자리를 비운 사이에 타니아에게 다가갔다. 평생 고된 일을 하면서 살아온 태가 나는 오십 대 아주머니였다. 목에는 금으로 된 작은 십자가가 걸려 있었다.

"안녕하세요? 저는 그레이트폴스 경찰서의 팀 던컨 경감입니다."

"네, 안녕하세요?"

"토머스에 대해서 정말로 아무것도 기억나는 게 없나요?"

"없어요. 너무 오래전 일인걸요."

"솔직히 말하자면 아까 타니아가 성호를 긋는 걸 봤어요. 교장 선생님이 토머스에 대해서 질문한 직후에요. 제가 잘못 봤나요?"

"경감님, 그 애가 무슨 일을 저질렀나요?"

타니아는 대답은커녕 도리어 질문을 던졌다.

"왜 토머스가 무슨 일을 저질렀을 거라고 생각하세요? 전 아무 말도 하지 않았는데요."

타니아가 다시 성호를 그으면서 조그맣게 중얼거렸다. 경감이 무슨 말인지 알아듣고 되물었다.

"토머스가 악마 같은 아이였다고요? 지금 그렇게 말한 거 맞죠?"

"악마 같은 아이라고 안 했어요. 그 애가 악마라고 했지."

타니아의 말투는 서슬이 시퍼렜다.

"아이의 학창 시절 기록을 살펴봤는데 딱히 폭력적인 행동을 한 것 같지는 않던데요?"

그러자 타니아는 겁먹은 눈으로 주위를 두리번거렸다.

"그 애는 다른 아이들과 달랐어요. 모두가 겁냈지요. 하루는 청소하다가 화병을 떨어뜨린 적이 있어요. 보나마나 와장창 깨졌겠구나 하고 몸을 홱 틀었는데……, 무슨 조화인지 그 애가 말짱한 화병을 두 손에 들고 서 있지 뭐예요?"

"토머스에게 도움을 받은 셈인데 왜 악마라고 하는지 모르겠네요."

"내가 몸을 돌리기 직전에 그 애는 분명히 교실 반대편 끝에 서 있었으니까요. 그런데 1초도 지나지 않아서 옆에 와 있었다고요. 주님을 걸고 맹세할 수 있어요."

경감이 눈살을 찌푸렸다.

"그런 일이 한 번만 있었던 게 아니에요. 오죽 무서웠으면 그 애 반은 청소를 못 하겠다고까지 했겠어요? 그 일로 해고당할 뻔했다니까요."

"학교 측에 사실대로 말하지 않았어요?"

"사람들이 나더러 미쳤다고 하더군요. 나만 정신 나간 여자 취급을 당했어요!"

경감은 타니아를 가만히 보았다. 거짓말을 하는 것 같지는 않았다.

그때 교장이 교무실로 들어왔다.

"경감님, 당시 토머스 핸들의 담임을 맡으셨던 세트 선생님이에요."

경감의 예상대로 세트 선생님은 별다른 정보를 주지 못했다. 그녀는 토머스 핸들을 다른 아이들과 잘 어울리지 못하는 소극적인 학생으로 기억했다. 이상한 사건이 일어난 적은 없는지 묻자, 손사래를 치면서 타니아가 미신을 잘 믿다 보니 이상한 상상에 빠진 거라고 일축했다.

경감은 몇 가지 메모를 한 뒤 마지막으로 타니아에게 시선을 던졌다. 그녀의 겁에 질린 눈빛은 꾸며 낸 것처럼 보이지 않았다. 수사를 하면 할수록 현재 도주 중인 토머스 핸들이 사건의 진실을 밝혀 줄 유일한 인물이라는 생각이 들었다.

# 새로운 문

토머스는 〈그레이트폴스 뉴스〉 신문사를 찾아갔다. 어젯밤에는 한숨도 자지 못했다. 소용돌이에 휩쓸려 점점 더 심연으로 끌려가는 듯한 기분이 들었다. 몸부림쳐 봐도 벗어날 수 없었다. 죽어서 미라가 되어 버린 여자, 살해당한 소년, 부모님의 죽음, 납치 미수……. 이 흉악한 사건들의 유일한 공통점이 바로 자신, 그리고 그 엿 같은 능력이라니! 빛의 속도로 이동할 수 있는 재주가 퍼즐을 완성하는 핵심이 분명했다.

이까짓 것 때문에 부모님이 죽다니. 차라리 속 시원히 말이라도 다 해 주셨다면 좋았으련만! 토머스는 군중 속에서 헤매는 장님이 된 기분이었다. 길잡이가 간절하게 필요했다. 솔을 그렇게 두고 온 게 미안했지만, 아무래도 그 길은 혼자 찾아야 할 것 같았다. 손에 쥔 단서라고는 단 하나, 2007년 6월 20일이라는 날짜뿐이었다.

토머스는 옛날 신문들에서 새로운 단서를 찾을 수 있기를 진심으로 바랐다. 직원에게 그 날짜 전후로 열흘 동안 발행된 신문을 전부 열람하고 싶다고 말했다. 직원은 컴퓨터 파일로 보관 중인 20일치 신문을 USB에 담아서 건네주었다. 그러고는 토머스가 자료 열람용 PC 앞에 앉는 걸 계속 흘끔거리며 살폈다.

그대로 몇 시간 동안 눈이 빠져라 신문을 뒤적거렸다. 나중에는 도무지 글자가 눈에 들어오지 않았다. 찌르는 듯한 두통 때문에 통 집중을 할 수가 없었다.

토머스가 인상을 찌푸리고 있으니 직원이 다가와 물었다.

"괜찮아요?"

"네, 괜찮아요."

"미안한데 5분 후면 문을 닫아야 해요."

찾아낸 거라곤 쥐뿔도 없었고, 자료도 절반밖에 보지 못했다. 토머스는 마지막으로 남은 지폐를 탈탈 털어 직원에게 건네며 USB를 가지고 나갈 수 있게 해 달라고 부탁했다. 그리고 출발점으로 돌아왔다. 거리로…….

자꾸만 솔이 생각이 났다. 아무 해명도 하지 않고 무작정 떠나온 게 마음에 걸렸다. 토머스는 요양원으로 발길을 돌렸다. 마침내 병실 앞에 도착해 문을 두드렸다.

"네, 들어오세요."

토머스는 쭈뼛거리며 병실로 들어갔다.

"아, 너구나."

"네, 저예요. 죄송하다는 말을 하러 왔어요."

"뭐가 죄송하지? 도둑놈처럼 도망친 거? 아니면 나한테 처음부터 거짓말한 거?"

"거짓말한 적은……."

"영양가 없는 대화는 그만두자. 토머스, 방금 팀과 통화했어. 상가 약국 하면 뭐 떠오르는 거 있니?"

"거기에서 펜토바르비탈을 훔쳤어요."

"그래, 내 짐작대로군. 럭키 박스 같은 데서 그런 약이 나왔을 리도 없고. 문제는 약국의 감시 카메라야. 기술팀이 영상을 세밀하게 잘라서 분석해 봤더니 영화에나 나오는 '순간 이동' 장면을 본 것 같다고 했다는구나. 대체 무슨 소린지 설명 좀 해 볼래? 어려서부터 이사를 왜 그리 자주 다녔지? 팀이 네가 어릴 때 다녔던 초등학교를 찾아가 선생님들을 만나고 왔어. 청소부 아주머니가 널 악마라고 했다는데……."

토머스는 이를 악물었다. 평생 숨기고 싶었던 일을 저런 식으로 떠벌리다니! 남들처럼 평범하게 살 수 없다는 게 뭔지도 모르면서! 그놈의 능력, 아니 저주 때문에 구경거리가 되기 일쑤인 데다 심지어 괴물 취급까지 당하는 게 어떤 건지 알까? 누군가 우리를 찾아올까 봐 야반도주를 밥 먹듯이 하고, 피난살이 같은 어린 시절을 보낸다는 게 뭔지 아냐고! 솔은 토머스가 흥분한 것을 눈치채고는 한결 누그러진 말투로 말을 이었다.

"토머스, 나한테 다 털어놔 봐."

토머스의 뺨 위로 눈물방울이 흘러내렸다. 절망적인 처지 때문에 나오는 눈물인지, 아니면 자기만큼이나 팔자가 고약한 사람을 만나서 나오는 눈물인지는 알 수 없었다. 어쨌든 마음속의 둑이 무너진 듯했다.

토머스는 모든 것을 털어놓았다. 누구보다 빠르게 이동할 수 있는 마법 같은 능력으로 살인범들을 두 번이나 따돌리고 여기까지 왔노라고 고백했다.

"제가 미친놈처럼 보일 거라는 거 알아요. 이런 얘기를 털어놓으면 상대방은 절 정신병자 취급하면서 줄행랑치곤 했으니까요."

"난 그럴 수가 없는걸. 휠체어에 처박혀 사는 주제에 널 정신병자 취급하면서 줄행랑칠 수 있겠니?"

"죄송해요. 그런 말을 하려던 게 아니고……."

"농담이야."

"아, 그럼 아저씬 제 말을 믿어요?"

솔이 한숨을 푹 내쉬었다.

"솔직히 너무 엄청난 일이긴 해."

"역시 안 믿으시는군요."

"그런 뜻은 아니야. 혹시 시범을 좀 보여 줄 수 있니? 난 내 눈으로 본 것밖에 믿지 않거든."

"시범을 어떻게 보여 줄까요?"

솔의 눈에 장난기가 번득였다.

"어제는 로즈 데이였어. 날 병실에서 한 번도 꺼내 주지 않았지. 심지어 세수조차 시켜 주지 않더구나. 움직일 수 없다고 해서 냄새도 안 나는 건 아닌데 말이야."

"정말 너무했네요. 그런데 제가 보여야 할 시범이랑 그게 무슨 상관이에요?"

"만약에 내가 로즈의 주의를 딴 데로 돌리면 그사이에 간호사실에 가서 가벼운 장난을 치고 올 수 있니?"

"네, 문제없어요."

"음, 쓰레기통에 버려진 변실금 패드를 주워다가 간호사실에 숨겨 두는 건 어떨까? 찾기 어려운 장소라면 더 좋고."

"기저귀 말이지요? 그 정도는 식은 죽 먹기인데요?"

잠시 후, 토머스는 솔의 휠체어를 밀고 간호사실 앞으로 갔다.

"로즈, 거기 있어요?"

곧이어 로즈가 성난 얼굴로 나타났다. 잠을 깨워서 짜증이 한껏 난 표정이었다.

"솔, 여기에서 대체 뭐 하는 거예요?"

"어제부터 씻지를 못해서요. 세수 좀 부탁해도 될까요?"

솔이 주의를 끄는 동안, 토머스는 다리가 따끔거리는 걸 느끼며 곧바로 행동에 나섰다.

"그럴 시간이 있었으면 이미 병실로 갔겠죠. 난 지금 바빠요. 그런데 여기까지 어떻게 왔어요? 리지가 휠체어를 밀어 줬어요? 아니면 학교도 안 가고 죽치고 있던 그 남자애예요? 아이고, 호랑이도 제 말 하면 온다더니……."

마침 복도를 지나가던 리지 할머니가 우뚝 멈춰 섰다.

"내 이름을 들은 것 같은데?"

"리지, 솔을 병실로 데려다주시겠어요? 이 사람이 부탁한다고 이렇게 다짜고짜 데려오면…….”

“내가요? 무슨 말을 하는지 모르겠네. 난 지금 막 여기 온 건데?”

리지 할머니가 어이없어하는 순간, 토머스가 뒤에서 모습을 드러냈다. 로즈가 그걸 보고 손으로 이마를 짚었다.

“올 사람은 다 왔네…….”

토머스는 임무를 완수했다는 표시로 솔에게 고개를 끄덕여 보였다. 로즈가 간호사실로 돌아서며 딱딱하게 말했다.

“자, 그만들 가 보세요. 마음대로 돌아다니지 말고요.”

그러고는 간호사실 문을 벌컥 열자마자 혼잣말을 중얼거렸다.

“음, 이게 무슨 냄새지?”

로즈는 갑자기 홱 돌아서서 세 사람을 향해 코를 벌름거렸다. 그들에게서 나는 냄새가 아니라는 걸 확인하고는 간호사실로 들어가 쾅 소리 나게 문을 닫았다.

토머스는 리지 할머니와 함께 휠체어를 밀었다. 솔은 헤벌쭉 웃고 있었다.

“문을 살짝 열어 놓는 게 더 좋을 텐데.”

토머스가 중얼거리는 소리를 듣고 솔이 궁금해했다.

“어디에다 숨겼어?”

“책상 상판 밑 서랍 안쪽에 테이프로 붙였어요. 아무리 고개를 숙이고 찾아봐도 거기까진 안 보일걸요.”

“아주 잘했어.”

잠자코 있던 리지 할머니가 끼어들었다.

"둘이서 무슨 작당을 했는지는 모르겠지만, 로즈를 따끔하게 혼내 주는 일이라면 나도 대찬성이에요."

토머스와 솔이 동시에 웃음을 터뜨렸다.

"도대체 어떻게 한 거야? 네 옷깃조차 보지 못했는데."

"그게 시범의 핵심이잖아요."

리지 할머니가 옆에 있어서 대놓고 이야기를 나누기는 어려웠다. 그러나 솔의 태도를 보니 토머스의 말을 믿는 눈치였다. 토머스는 비록 근심과 걱정을 떨칠 수 없는 처지였지만, 악동처럼 장난을 치고 나니 마음이 한결 가벼워졌다.

잠시 후 솔과 둘만 있게 되자, 토머스는 옛날 신문을 뒤졌지만 아무 정보도 찾지 못했다는 이야기를 꺼냈다.

"신문은 신문일 뿐이야. 기적을 바라선 안 돼. 우리에겐 팀 던컨이 필요해. 네가 그 친구를 만나 봤으면 좋겠는데……."

토머스가 한숨을 내쉬었다.

"조금만 더 생각할 시간을 주세요. 내일 아침까지 생각해 보고, 뾰족한 수가 없으면 그분을 만나 볼게요."

솔이 안심하며 고개를 끄덕이는 순간, 토머스의 배에서 꼬르륵 소리가 났다.

"과자 좀 줄까?"

"아뇨, 괜찮아요. 오늘은 무료 급식소에 갈 생각이거든요. 따뜻한 밥을 한 끼 먹고 나면 마음도 편해질 것 같아요."

하루를 멋지게 마감하기에 이보다 더 좋은 소식이 있을까? 안톤은 주소를 확인한 뒤 양복 매무새를 고치며 차에서 내렸다.

그쪽이 찾는 꼬마 발견. 4번가에서 렉싱턴 거리로 꺾어지는 지점에서 접선 요망.

자신에게 문자 메시지를 보낸 노숙자를 곧바로 알아보았다. 뒤에는 100킬로그램의 든든한 거구 한스가 따라오고 있었다. 안톤과 한스는 아프가니스탄에서부터 지금까지 한시도 떨어진 적 없이 한몸처럼 움직였다. 목숨을 구하고 얻은 끈끈한 인연이었다. 안톤이 얼굴의 흉터를 만지작거리면서 제보자에게 성큼성큼 다가갔다.

"메시지 보낸 거, 그쪽이지?"

"네."

"꼬마는?"

"일단 약속했던 사례금부터……."

안톤이 50달러짜리 지폐 한 장을 꺼내 흔들었다.

"경고하는데 장난하는 거면 가만 안 둬."

"확실해. 그 꼬마가 나한테 길을 물어보기까지 했는걸."

"뒤를 밟았겠지?"

"돈부터 받을 수 없을까?"

안톤이 노숙자에게 지폐를 건넸다.

"여기 건너편에 무료 급식소가 있어. 20분 전에 들어갔는데 아직 나오지 않았어."

"좋아."

"그 꼬마에게 무슨 볼일이지?"

"알려고 하지 마. 우린 만난 적도 없는 거야. 알겠어?"

"알았어."

노숙자가 뒷걸음질하며 자리를 뜨자 한스가 다가와 물었다.

"안에 들어가 볼까?"

"아니, 그건 너무 위험해. 차에서 기다리자. 꼬마가 나오기를 기다렸다가 소동을 일으키지 말고 친절하게 거둬 주자고."

두 남자는 이번에도 실패하면 키스 해링턴에게 뼈도 못 추릴 거라는 생각을 하면서 차에 올랐다. 안톤은 경찰에 심어 둔 끄나풀이 며칠 전에 보낸 문자 메시지를 다시 읽었다.

팀 던컨이 진상에 접근하고 있음. 단서를 잡았고, 조만간 전체 회의 예정. 절대 조심할 것.

"우리만 대기 중인 게 아닌가 봐……."

한스의 말에 안톤이 눈썹을 치켜올리며 의아한 표정을 지었다.

"밴 뒤에 검은색 차 보여? 운전석에 앉은 뚱뚱한 남자가 급식소 입구를 계속 노려보고 있어."

안톤은 한스가 가리키는 자동차를 유심히 바라보았다.

"한스, 아무래도 오늘이 행운의 날인가 봐. 저 뚱보가 그레이트폴스 경찰서의 팀 경감이거든. 넌 알약을 하나 먹은 뒤에 꼬마부터 확보해. 저놈은 내가 맡을게. 오늘 잡혀 있다는 회의……, 김새게 생겼네."

안톤은 그렇게 말한 뒤 빨간색 알약 하나를 삼켰다. 그러고는 목뼈를 우두둑 소리나게 좌우로 움직이면서 차에서 내렸다.

무료 급식소에서 먹을 수 있는 거라곤 수프 한 그릇, 식빵 두어 장, 닭고기 볶음밥 비슷한 요리가 전부였다. 소박하기 그지없는 음식이었지만 시장이 반찬이라고 했던가? 토머스는 너무 맛있어서 하마터면 눈을 질끈 감을 뻔했다. 삼시세끼를 다 먹고 주방 벽장을 열면 언제나 과자를 꺼내 먹을 수 있던 시절에 배고픔은 그저 추상적인 개념에 지나지 않았다. 비록 고급 식당과는 거리가 먼 데다 노숙자들과 함께 밥을 먹어야 했지만, 갑작스레 몰아친 폭풍 속에서 잠시나마 숨을 돌릴 수 있다는 게 차츰 고맙게 느껴졌다.

토머스는 임시로 지어 놓은 급식소에 몰려든 인파를 보고 조금 놀랐다. 그레이트폴스처럼 작은 도시에 무료 급식이 필요한 사람이 이렇게나 많을 줄은 몰랐다. 추위를 막기 위해 겹겹이 걸쳐 입은 누더기와 특유의 악취로 알아볼 수 있는 노숙자들이 단연 많았지만, 끼니를 해결하려고 찾아온 가족도 제법 많아 보였다.

토머스가 이런저런 생각에 잠겨 있는데, 자원봉사자 아주머니가 다가왔다.

"안녕? 난 미셸이야. 처음 보는 것 같은데……."

"안녕하세요, 전 마크예요."

"혹시 미성년자 아니니? 이 근처에서 노숙하고 있어?"

토머스의 머릿속이 분주해졌다. 아주머니는 좋은 뜻에서 말을 걸었을 테지만, 대화의 결론은 자신이 원하는 방향이 아닐 터였다. 또다시 거짓말을 하는 수밖에 없었다.

"전 노숙자가 아니에요. 아버지랑 단둘이 사는데 요즘 사정이 좀 어려워서……. 무슨 얘긴지 아시죠?"

"물론이지. 그런데 왜 아버지랑 같이 안 왔니?"

"아버지는 주로 액체류를 드세요."

"술을 많이 드시니?"

"가끔씩요."

토머스는 너무 뻔뻔하게 거짓말을 한 것 같아 죄책감이 들었지만 달리 뾰족한 수가 없었다.

"마크, 혹시 더 필요한 건 없니?"

"없어요, 다 좋아요."

미셸 아주머니가 친절하게 미소 짓고는 편히 식사를 하도록 자리를 비켜 주었다. 토머스는 표 나지 않게 아주머니의 움직임을 살폈다. 다른 자원봉사자와 수다를 떠는 것을 보니 당장은 별일 없을 것 같았다. 그래도 두 사람이 곁눈질하는 걸 봐서는 조심하는 게 좋을 듯했다. 대단한 신통력이 없어도 그들이 무슨 이야기를 나누는지는 뻔히 짐작이 갔다.

시꺼먼 장막이 자신의 삶을 뒤덮은 듯한 기분이 들었다. 그 장막을 걷으려고 할 때마다 철통같은 손이 장막을 끌어내려 빛을 가렸다. 살인마들은 대체 누굴까? 뭘 원하는 걸까? 시간이 흐를수록 진실을 밝힐 수 있으리라는 희망이 흐려졌다. 신문사까지 찾아갔지만 당장은 아무 성과도 없었다.

토머스는 자리에서 일어났다. 급식소 입구가 가까워질수록 자원봉사자가 자기를 붙잡을지도 모른다는 두려움이 옅어졌다. 토머스는 급식을 준비하는 장소에 자신을 찾는 공고문이 붙어 있는 데다, 급식소에 들어서자마자 미셸 아주머니가 알아보고 경찰에 신고했다는 사실을 알지 못했다.

차가운 겨울바람이 뺨을 때리자 급식소 안의 온기가 얼마나 좋은 것이었는지 새삼 깨달았다. 안나의 아파트로 가려고 걸음을 재촉했다. 그때 길 건너에 주차된 차에서 한 남자가 내렸다. 몸집이 얼마나 큰지, 그 모습이 마치 비좁은 상자를 못 이겨 튀어나오는 용수철 달린 인형 같았다. 토머스는 단박에 팀 경감을 알아보았다. 경감은 토머스와 눈이 마주치자 손을 들었다. 자기 쪽으로 오라는 뜻 같았다. 토머스는 망설였다. 솔 아저씨가 생각났다. 둘은 오랜 친구라고 했고, 자신은 그를 믿었다. 그렇다면 팀 경감도 믿어야 하지 않을까?

토머스가 길을 건너가려고 하는 순간, 경감의 바로 뒤에서 검은 양복을 입은 사람이 불쑥 튀어나왔다. 거리가 좀 있었지만 그자의 턱에서 칼에 베인 흉터를 보았다. 의심할 바 없었다. 토머스의 부모를 살해한 자였다. 그와 동시에 토머스의 오른쪽에서 거대한 근육 덩어리가 빠른 속도로 달려왔다. 미식축구 선수처럼 생긴 또다른 살인범이 토머스를 바닥에 짜부라뜨릴 기세로 뛰어오고 있었다.

토머스가 온 힘을 다해 외쳤다.

"경감님, 조심해요!"

토머스는 능력이 가동될 때면 늘 그랬듯이 다리가 따끔따끔했다. 일부러 집중할 필요도 없었다. 위험을 느끼면 자동으로 능력이 발휘되니까. 이윽고 시간이 멈추었다. 세상이 슬로 모션으로 움직였다. 다른 사람들은 모두 달팽이처럼 느릿느릿 움직였지만 토머스만은 번개처럼 빨랐다.

자신에게 달려드는 살인범을 피하기란 어렵지 않았다. 잠시 후 그는 바닥에 세게 곤두박질하면서 토머스를 어쩌다 놓쳤는지 알지 못해 어리둥절해할 것이다. 그런데 희한하게도 살인범의 손끝이 토머스의 몸에 스쳤다. 평소 같으면 그 정도 거리에서 달려와도 저만치 달아나 손끝도 대지 못할 텐데. 어쨌든 더 이상 생각에 빠져 있을 새가 없었다. 토머스는 길 건너편을 보았다. 경감이 자신의 경고를 듣고 뒤돌아서서 칼자국 사내와 대치 중이었다. 경감은 상대방보다 머리 하나가 더 크고 체격이 좋았다. 그러나 사내가 단연 우세한 위치에서 주먹질을 하고 있었다.

'내가 가서 경감님을 도와야 하나?'

토머스는 눈 깜짝할 사이에 길을 건너 그들에게 다가갔다. 사내도 놀라울 만큼 동작이 재빨랐다. 게다가 손에 권총을 들고 있었다. 부모님을 살해할 때 썼던 권총일까? 아무리 빠르다 해도 총알을 상대해야 한다면 얘기가 달랐다. 얼른 도망쳐야 했다. 마지막으로 그들을 한 번 더 보았다. 사내가 권총 손잡이로 경감의 머리를 찍어 내렸다. 등 뒤에서 뭔가 둔탁한 소리가 들렸다.

토머스는 가까스로 위험에서 벗어났다. 살인범들이 말다툼을 벌일

때 이미 몇 블록이나 떨어진 곳에 가 있었다. 몸의 감각이 차차 돌아오면서 따끔따끔한 느낌도 가셨다. 폐가 다시 숨을 쉬기 시작했고, 근육이 콕콕 쑤셨다. 능력을 쓰고 난 직후는 늘 이랬다.

놈들이 팀 경감을 어떻게 하려는 걸까? 떨리는 몸을 진정시키며 마음을 다잡았다. 또다시 아무것도 하지 못했다. 분해서 눈물이 났다. 살인범들이 팀 경감을 공격했다는 건, 그가 자기편이라는 뜻이었다. 진즉에 솔 아저씨를 믿고 따랐더라면…….

영원처럼 길게 느껴지는 시간이 지나는 동안 토머스는 쓰레기 수송용 컨테이너 뒤에 웅크리고 있었다. 여기라면 아무도 자신을 찾지 못할 터였다. 흥분이 어느 정도 가시자 추위가 몰려왔다. 손발이 얼어붙고 이가 딱딱 부딪쳤다. 이렇게 꼼짝 않고 있다가는 얼어 죽을지도 몰랐다. 토머스는 오그라든 팔다리를 천천히 펴고 자리에서 일어나 몇 걸음을 걸었다.

숨어 있던 골목에서 나와 잠시 주저하다가 경감이 공격당한 장소로 되돌아갔다. 조금 전에 벌어진 일이 꿈인지 생시인지 확인하고 싶었다. 아니면 경감이 지원 병력에 둘러싸여 머리에 얼음찜질을 하고 있는 모습을 보고 싶었는지도 모른다.

토머스는 조심스럽게 왔던 길을 되돌아갔다. 파르스름한 빛을 비추는 무료 급식소의 네온 간판을 본 순간, 심장이 터질 듯이 뛰었다. 어느새 밤이 되어 있었다. 거리에는 쥐새끼 한 마리 얼씬하지 않았다. 사람들은 모두 집으로 돌아간 듯했다. 경감의 차는 보이지 않았다. 살인범들이 몰고 갔을 수도 있고, 인근 주민들의 신고를 받고 경찰이 가져갔을지도 모른다.

현장 가까이 가 보니 바닥에 핏자국이 있었다. 꿈을 꾼 게 아니었다. 토머스의 삶은 이미 악몽 그 자체였다. 그때 하수구 틈새에 뭔가 박혀 있는 것이 보였다. 토머스는 허리를 구부려 작은 스프링 노트를 주웠다. 경감이 칼자국과 싸울 때 떨어뜨린 물건 같았다. 수첩을 펼쳐 보니 신경질적으로 빼곡하게 휘갈겨 쓴 글씨가 족히 수십 쪽은 되었다.

경감은 수첩에다 토머스 일가족에 대한 수사 과정에서 찾은 단서와 생각을 다 적어 두었다. 토머스는 수첩을 가슴에 꼭 끌어안았다. 어쩌면 아직 끝이 아닌지도 몰랐다. 소중한 자료를 주머니에 넣고 요양원으로 서둘러 걸음을 옮겼다. 솔이 토머스의 유일한 희망이었다.

솔은 우거지상을 한 토머스의 얼굴을 보고 뭔가 잘못되었음을 직감했다.

"토머스, 무슨 일이야?"

토머스는 간략하게 무료 급식소에서 밥을 먹고 나온 직후에 벌어진 일을 설명했다. 솔은 이야기를 다 듣고 심각한 눈으로 토머스를 바라보았다.

"상상 이상으로 험악한 놈들이구나. 어떻게 감히 경찰을 공격할 수 있지?"

"그러니까요!"

"팀의 수첩을 좀 보여 줄래?"

토머스는 솔의 눈앞에서 수첩을 펼친 후 천천히 한 장씩 넘겨 주었다. 한참이 지난 후에야 솔이 침묵을 깨고 입을 열었다.

"수첩을 즉시 경찰에 전해야 해."

"하지만 경감님이 경찰에 스파이가 있는 것 같다고 썼잖아요. 경찰을 어떻게 믿어요?"

"토머스, 나는 휠체어에서 꼼짝도 못하는 신세야. 넌 아직 미성년자고. 만약 팀에게 무슨 일이 생긴다면 나 자신을 용서할 수 없을 거야. 경찰에 내가 전적으로 믿는 수사관이 있어. 줄리아 과장에게 팀과 나는 친오빠나 마찬가지지. 팀을 찾기 위해서라면 뭐든지 다 할 거야."

"좋은 생각이 아닌 것 같아요."

"이미 정했어. 네가 뭐라고 해도 바뀌지 않아."

두 사람은 팽팽한 시선을 주고받았다.

"좋아요. 줄리아 과장님에게 수첩을 넘길게요. 그다음은요?"

"줄리아에게 너의 특별한 능력까지 이야기할 필요는 없어. 우리는 우리 나름대로 수사를 계속해야지."

토머스의 가슴속에 실낱같은 희망이 되살아났다.

"고마워요, 아저씨."

"김칫국 마시지 마. 수사라는 건 계속 새로운 문이 나오는 기다란 복도 같아. 모든 문이 반드시 추적해야 할 단서처럼 보이지. 문을 하나하나 열어 보면서 아무것도 없다는 걸 확인하고는 다시 하나하나 닫아야 해. 문제는 내가 그 빌어먹을 문들을 열어 보기도 힘든 처지에 있다는 거야. 우릴 도와줄 사람이 필요해."

"누구 생각해 둔 사람 있어요?"

"리지에게 우릴 도와 달라고 하면 아주 기뻐할 것 같은데……."

잠시 후, 두 사람은 호기심 어린 표정으로 눈을 반짝이는 리지 할머니를 만났다. 솔이 최근 며칠 사이에 토머스에게 일어난 폭풍 같은 사건들을 털어놓자 할머니의 얼굴이 충격으로 물들었다. 그러나 경악은 오래가지 않았다. 토머스는 리지 할머니가 믿을 만한 사람이라고 느꼈다. 그녀의 눈에서 따뜻한 연민을 발견했기 때문이다. 솔은 모든 것을 털어놓는 와중에도 토머스의 특별한 능력은 조금도 입에 담지 않았다.

리지 할머니는 어마어마한 얘기를 듣고서도 크게 동요하는 기색을 보이지 않았다. 토머스가 부러 기운 찬 목소리로 입을 열었다.

"자, 그럼 뭐부터 시작할까요?"

"나도 팀이 수첩에 써 놓은 결론에 동의해. 이 사건은 샐리 스펠먼의 시신과 그 버스 승차권이 발견되면서 시작되었을 거라고 봐."

"그 사람이 저의 진짜 어머니일지도 모른다고 생각하세요?"

토머스가 나지막하게 묻자 솔이 눈을 깜박이며 대답했다.

"그럴 수도 있지만 정보가 너무 없어서 아직 잘 모르겠어. 만약 그녀가 신원을 비밀에 부치고 그레이트폴스 시립 병원에서 출산을 했더라도 그곳을 거쳐 간 흔적은 있어야 하잖아. 그런데 그런 기록이 나오지 않았어."

"그럼 이제 어떻게 해요?"

"리지가 내 손이 되어 주고, 너는 내 발이 되어 줘야 해."

"전 부모님이 살해당한 이유를 반드시 알고 싶어요."

리지 할머니가 결연한 표정으로 물었다.

"언제부터 시작할까요?"

솔이 근엄한 미소를 지어 보였다.

"차근차근 단계별로 시작합시다. 먼저 토머스, 옛날 신문 자료가 필요해. 서로 다른 세 사건이 네 생일로 연결된다면 그건 단순한 우연이 아닐 거야. 그날을 둘러싸고 모든 일이 벌어졌을 확률이 높아. 그 이유를 알아낼 수만 있다면 살인범들의 정체도 밝혀질 거라고 봐."

토머스가 USB를 꺼내어 솔의 태블릿에 끼웠다.

"리지, 당신이 한번 훑어봐요. 범상치 않은 내용이나 왠지 신경 쓰이는 사소한 내용 같은 것들을 다 골라 놓으세요."

리지 할머니는 솔의 위엄 있는 말투에 놀라면서 고개를 끄덕였다.

"우리는 병원 쪽을 파 보자. 그날 그레이트폴스 시립 병원에 있었을 가능성이 높은 사람들을 추려 보자고. 어떻게 핸들 부부가 정식으로 행정 절차를 밟지 않고 널 입양했는지 알아내야 해."

"하지만 병원에서 그런 정보를 쉽게 내어 줄 리 없잖아요."

"저기 장롱 속에 내가 옛날에 쓰던 경찰 배지가 있어. 그 물건이 아직도 쓸모가 있는지 한번 보자꾸나."

토머스는 칙칙한 요양원에서 나와 최근에 리모델링한 건물과 최신식 LED 조명을 접하니 눈이 부시다 못해 시릴 지경이었다. 산부인과를 찾는 데 그리 오랜 시간이 걸리지는 않았다. 접수처에 용건을 말하고 담당 의사의 진료실에 갔더니 간호사가 당황한 기색으로 두 사람을 쳐다보았다.

“안녕하세요? 무엇을 도와 드릴까요?”

“그레이트폴스 경찰서의 솔 브리검입니다. 팀 경감님이 요청한 자료를 받으러 왔습니다.”

간호사가 주저하며 경찰 배지를 보여 달라고 말했다. 토머스가 솔의 배지를 간호사의 코앞에 들이밀었다.

“괜찮으시다면 제가 짧게 설명을 드리죠. 보시다시피 전 장애인이라서 실습생을 데리고 온 겁니다. 혼자서는 이동이 불가능하거든요.”

간호사가 얼굴을 붉혔다.

“선생님, 그건 문제가 아니고요…….”

“그렇다면 다행이네요. 제가 사람들의 시선을 끄는 경향이 있지만 병원에서 일하는 분들의 사고방식은 좀 다를 거라고 생각했어요.”

간호사는 마지못해 고개를 끄덕였다.

“말씀하신 자료는 이미 경찰서에 팩스로 보내 드렸어요.”

“이렇게 일찍 보내 주실 줄이야!”

솔은 당황하지도 않고 천연덕스럽게 말했다.

“헛걸음하시게 해서 죄송해요.”

“헛걸음이라니요. 그렇지 않습니다. 혹시 팩스 원본을 볼 수 있을까요?”

“그럼요. 여기, 경감님이 저희 의사 선생님께 요청한 2007년 당시의 산부인과 의료진 명단이에요.”

“네, 맞군요. 필요한 게 있으면 다시 연락 드리겠습니다.”

간호사는 그제야 안도하는 듯 보였다.

솔과 토머스는 서둘러 병원을 벗어났다. 자료에 있는 이름들 가운데 토머스 출생의 진실을 아는 사람이 있을지도 몰랐다. 두 사람은 최대한 빨리 요양원으로 돌아왔다.

"어떻게 됐어요?"

리지 할머니가 두 사람을 보자마자 황급히 다가왔다.

"아저씨 덕분에 명단은 수월하게 확보했어요."

"상대방에게 생각할 시간을 주지 않는 게 비결이란다. 숨 돌릴 겨를 없이 질문을 퍼붓는 수법이지. 리지, 신문에서 뭐 좀 찾았어요?"

"네, 샐리 스펠먼의 실종과 관련된 정보와 부모의 집 주소를 알아냈어요. 부모가 당시 공개 수사 제보란에 주소를 밝혔더라고요. 인터넷으로 좀 더 알아봤는데 지금도 그 집에 사는 것 같아요."

"리지가 알아낸 정보를 요약해 줄 수 있나요?"

"샐리 스펠먼은 2006년 9월에 시애틀 근교에서 친구들과 파티를 즐긴 직후에 실종됐어요. 날짜를 계산해 보면 토머스가 태어나기 약 9개월 전이고요."

토머스는 리지 할머니의 말을 한마디도 놓치지 않고 새겨들었다. 샐리 스펠먼이 진짜 어머니라면 새로운 정보 하나하나가 자신이 몰랐던 과거의 조각들인 셈이었으니까.

"샐리는 법대에 재학 중이던 우수한 학생이었어요. 약물이나 술 문제는 전혀 없었고요. 자주 어울렸던 친구나 지인 중에서도 용의자로 특정할 만한 인물은 없었어요. 부모님과의 관계도 아주 원만해 보였고요. 주위 사람들도 샐리가 가출할 이유가 없다고 주장했어요."

"하지만 경감님의 수첩에는 그녀가 가출했을 거라고……."

솔이 토머스의 말을 끊었다.

"맞아, 하지만 팀은 이제 막 세 사건의 공통점을 발견한 상황이라 실종 사건을 깊이 파지 못했을 거야. 팀의 추리는 샐리가 사망 전에 출산을 했다는 사실에만 근거를 두고 있기 때문에, 어린 나이에 임신을 해서 부모에게 숨겨야 했으려니 생각했을 거야. 하지만 그 추리가 들어맞지 않는 부분이 생겼지."

리지 할머니가 거들었다.

"실종 날짜 말이죠?"

"그래요, 출산을 거의 아홉 달 앞두고 실종됐다면 시기적으로 너무 일러. 1950년대가 아니라 2000년대잖아. 임신 초기에 원치 않는 임신을 중단할 수 있는 방법이 여러 가지 있었어. 뜻하지 않은 임신 때문에 가출했다고 보기에는 근거가 부족해."

토머스가 고개를 갸웃하며 물었다.

"그렇다면 당시에 수사관들이 왜 더 깊이 파 보지 않았을까요?"

"이런 유의 사건은 확실한 단서가 나오지 않으면 묻히고 말아. 사건 파일은 책상에 쌓여 가고, 단서 없는 사건에 할애하는 시간은 점점 줄어들 수밖에 없거든."

"수사를 포기했다는 뜻이군요."

토머스가 한숨을 푹 내쉬자 리지 할머니가 어깨를 다독이며 말했다.

"내가 읽은 기사에 따르면 샐리의 부모는 계속 딸을 찾으려고 애썼던 것 같아. 사설탐정까지 고용해 가면서. 하지만 아무 성과가 없었지."

솔이 결론을 내리듯이 말했다.

"몇 주 전에 딸의 시신이 발견되기 전까진 말이야."

"샐리 부모님은 어디에 사는데요?"

토머스가 실낱같은 희망을 찾으려는 듯이 물었다.

"아직까지 시애틀 근교에 살고 있더라고."

"그분들을 찾아가야 할 것 같아요."

솔이 토머스의 말에 고개를 끄덕였다.

"리지, 혹시 은퇴하기 전에 무슨 일을 했어요?"

"은행에서 일했어요."

"그럼 운전면허가 있나요?"

"당연하죠. 운전대를 마지막으로 잡은 게 언제인지 기억이 안 나서 그렇지……."

"하루쯤 기자가 되어 보는 건 어때요? 토머스도 데려가요. 실습생이라고 하고요."

리지 할머니의 얼굴이 환하게 빛났다. 약간의 스릴을 즐길 수 있는 기회가 싫지 않은 눈치였다.

"나는 자동차로 장시간 이동할 마음이 없어요. 그러니까 두 사람이 시애틀에 다녀올 동안 의료진 명단에 나와 있는 사람들에게 연락을 할게요. 리지, 포커 게임판 친구들 중에서 날 위해 종이를 넘겨 주거나 전화기를 들어 줄 만한 사람이 있을까요?"

"해롤드가 도와줄 거예요. 추리 소설이라면 사족을 못 쓰는 사람이니까!"

솔이 그 말을 듣고 못마땅한 표정을 지었다. 토머스는 그 부루퉁한 얼굴이 우스워서 하마터면 웃음을 터뜨릴 뻔했다.

리지 할머니는 정말이지 오랜만에 운전대를 잡은 게 분명했다. 조수석에 앉은 토머스는 손잡이를 잠시도 놓지 않았다. 어찌나 꽉 붙들고 있었는지 나중에는 팔에 쥐가 날 것 같았다. 굽은 도로에서 가까스로 추월에 성공할 때면 안도의 한숨부터 나왔다. 할머니는 신이 나는지 망설임도 없이 렌터카의 가속 페달을 밟아 댔다. 한시도 긴장을 늦출 수 없었던 토머스는 차창 밖으로 눈을 돌려 경치를 보려고 애썼다. 주위를 둘러싼 언덕과 숲은 맑고 투명한 풍광을 담은 보석함 같았다.

리지 할머니가 갑자기 운전대를 왼쪽으로 홱 꺾었다. 정면에서 추돌할 뻔했던 대형 트럭이 경적을 미친 듯이 울려 댔다. 할머니는 어깨를 으쓱하며 중얼거렸다.

"잠깐 못 본 것뿐이야. 일부러 그런 것도 아닌데."

토머스는 차라리 자기가 운전을 하는 편이 낫지 않을까 하는 생각까지 들었다. 시선을 도로 위로 돌리자 표지판이 보였다. 목적지까지 4.8킬로미터 남짓 남아 있었다. 거의 다 온 셈이었다. 정말로 샐리 스펠먼이 친어머니일까? 생각만 해도 심장이 두방망이질했다.

잠시 후 두 사람은 목적지에 도착했다. 흔히 볼 수 있는 외딴 농가였다. 집 옆에 아주 큰 창고가 있었고, 다양한 농기구가 잘 정돈된 채 농사철을 기다리고 있었다. 집은 밭으로 둘러싸인 작은 언덕 위에 있었다. 관리가 잘된 편이었는데, 새로 칠한 지 얼마 안 되었는지 벽면이 아주

말끔한 흰색이었다. 집주인인 스펠먼 씨가 현관 앞에 나와 두 사람을 맞이했다.

"안녕하세요? 무슨 일로 오셨나요?"

리지 할머니가 인사한 뒤 〈그레이트폴스 뉴스〉사의 기자라고 소개하자 스펠먼 씨가 두 사람을 빤히 바라보았다. 얼굴은 햇볕에 검게 그을려 있었고, 몸은 고된 노동으로 단련한 태가 났다. 무표정한 얼굴은 무슨 생각을 하는지 알기 힘들었다. 토머스는 스펠먼 씨의 검은 눈동자를 빤히 바라보았다.

그때 스펠먼 부인이 다가왔다.

"안으로 들어오시라고 해요. 이제 상처도 아물 때가 됐어요. 샐리에 대해서 이야기하는 편이 우리한테도 좋을 거예요."

세 사람은 오래된 떡갈나무 탁자에 둘러앉았다. 리지 할머니가 놀랄 만큼 대화를 잘 이끌어 갔다. 하지만 토머스는 여전히 굳어 있었다. 스펠먼 부인이 샐리의 사진을 몇 장 들고 왔다. 세월이 흘렀어도 슬픔은 그대로인 듯, 부인의 눈가에 눈물이 고였다. 사진 속 아가씨는 바람에 머리칼을 휘날리며 보는 이의 마음까지 따뜻해지는 미소를 짓고 있었다.

"우리 딸, 참 예뻤지요?"

"정말 예쁜 아가씨네요."

스펠먼 부인의 말에 리지 할머니가 고개를 끄덕였다. 토머스도 뭐라 거들고 싶었지만 말이 목구멍에 걸려서 입 밖으로 나오지 않았다. 스펠먼 부인이 말을 이었다.

"우리 딸은 시애틀에서 법대를 다녔어요. 변호사를 꿈꾸었거든요. 그 정도는 여러분도 다 알고 있지 않나요?"

"네."

"그렇다면 도대체 여긴 뭐 하러 왔습니까?"

스펠먼 씨가 쉰 목소리로 물었다.

"샐리에게 무슨 일이 있었는지 알아내는 데 도움이 될까 해서 왔어요. 저희는 따님이 가출했다고 생각하지 않거든요."

리지 할머니가 차분하게 대답했다. 스펠먼 씨의 얼굴이 딱딱하게 굳었다. 분노, 고통, 아니면 피로감일까? 그의 표정에서 감정을 읽기란 어려웠다.

"이미 할 수 있는 모든 걸 했어요. 당신들이 뭘 찾을 수 있다는 건지 모르겠군요. 우리는 사랑하는 딸을 잃었고, 더는 할 말이 없습니다."

리지 할머니가 입을 달싹이려 하자 스펠먼 부인이 만류하는 눈짓을 했다. 결국 두 사람은 알맹이 없는 말만 몇 마디 더 나누고 아무 소득 없이 그 집에서 나왔다. 그러나 토머스의 마음속에는 이상한 감정이 싹텄다. 스펠먼 부부의 눈은 자신의 눈처럼 짙고 어두운 색이었다. 또 사진 속의 샐리는 묘하게 자신과 닮아 보였다. 어쩌면 생물학적인 가족을 찾은 것일지도 모른다는 확신이 들었다.

생물학적인 가족이라……. 정말 웃기는 말이었다. 토머스는 심란한 나머지 돌아오는 길에 할머니가 얼렁뚱땅 차선을 벗어나는 것도 눈치채지 못했다.

# 운명의 신호

팀 경감은 곰팡이가 슨 벽에 기대앉아 있었다. 두 손은 머리 위로 들린 채 녹슨 관에 친친 묶여 있었다. 관은 3미터 남짓한 거리에 있는 라디에이터와 이어져 있었는데, 워낙 노후한 건물이어서 난방은 오래전에 끊긴 듯했다. 구석에 이 빠진 세면대가 있었는데, 한쪽이 부서져서 먼지투성이 바닥에 파편이 널려 있었다.

경감은 팔이 묶여 있는 관을 끊어 보려고 이미 백 번쯤 끙끙대며 용을 썼다. 적어도 50년은 됐을 것 같은 구리관은 꿈쩍도 하지 않았고, 등과 허리의 통증만 더 극심해졌다. 경감은 인상을 쓰면서 고통스러운 신음을 토했다. 도대체 여기가 어딜까? 놈들이 왜 자신을 살려 두었을까? 뭘 바라는 걸까?

바람이 불 때마다 덜컹거리는 덧창 사이로 새어 들어오는 환한 빛이 시간의 흐름을 알려 주었다. 가느다란 틈새로 숲 특유의 푸르스름한 색조가 보였다. 그레이트폴스 인근에 이런 숲이 있었던가? 기억을 더듬어 보았지만 아무것도 떠오르지 않았다.

경감은 눈을 감고 사내와의 혈투를 돌아보았다. 그렇게 쉽게 제압당하다니, 말이 되지 않았다. 상대는 경감보다 30킬로그램은 적게 나갈 듯했다. 물론 대단히 잽싸긴 했다. 마카롱을 좀 덜 먹고 건강을 챙겼다면 결과가 달랐을까? 부정적인 생각을 몰아내고 몸의 통증을 잊기 위해 심호흡을 했다. 아직 살아 있는 데다 돌이킬 수 없이 다친 곳도 없었다. 뭔가를 시도할 수 있는 기회가 반드시 올 터였다. 그 기회를 잡을 준비를 해야 했다.

그때 문밖에서 들려오던 발소리가 점점 가까워지더니 문이 벌컥 열리면서 안톤이 안으로 들어왔다. 여전히 완벽하게 재단된 고급 양복 차림이었다. 이 황량한 곳에 그토록 멋진 옷차림이라니, 초현실주의적인 인상마저 풍겼다.

경감은 도무지 자신의 미래를 낙관할 수 없었다.

"작별 인사를 할 때인가?"

"아직은 아니야, 친구."

경감은 안톤을 빤히 바라보았다. 왜 놈들이 자기를 살려 두었는지 여전히 이해가 가지 않았다. 그러다 갑자기 당연한 사실을 깨달았다.

"그 애를 못 잡았군. 그렇지?"

경감이 웃으며 상대방을 도발했다.

"애는 잡으면 돼. 네가 우리의 미끼거든."

"꿈 깨시지……."

안톤이 경감 곁에 다가가 쭈그리고 앉았다.

"이봐, 나는 프로야. 냉정하고 철두철미하지. 이 일을 한두 해 하는 것도 아니고. 이 말인즉슨 내가 알고 싶은 것을 뽑아내기 위해 어떤 능력이든 발휘할 수도 있다는 뜻이야. 어차피 시간문제니까 술술 부는 게 좋을걸."

경감은 이런 외딴곳에서 죽고 싶지 않았다. 장시간 고통스럽게 시달릴 마음은 더더욱 없었다. 그렇지만 얼굴에서 미소를 거두지 않으려고 안간힘을 썼다.

"나는 그 꼬마에 대해서 아무것도 몰라. 날 고문하는 게 재미있으면 그렇게 해. 그렇다고 알지도 못하는 사실을 지어내서 떠들 순 없으니까."

"그런데 무료 급식소로 그 애를 왜 찾으러 간 거야?"

"자원봉사자의 제보를 받고 간 거야. 거기에 그 애 사진을 보내 두었거든. 굶주린 소년이 어디 가서 배를 채우겠어?"

"당신이 아무것도 모른다면 지금 당장 총으로 쏴 죽이지 못할 이유도 없겠군."

"경찰을 살해하는 건 좋은 생각이 아닐 텐데?"

안톤이 미소를 짓자 얼굴의 흉터가 더 깊이 파였다.

그 시각, 스펠먼 부부를 찾아갔던 리지 할머니와 토머스는 요양원으로 돌아왔다. 솔의 병실에 가 보니 벽이란 벽은 죄다 신문 기사로 도배가 되어 있었다. 해롤드 할아버지가 종이를 넘기거나 함께 기사를 살펴보면서 조사에 참여하고 있었다. 리지 할머니는 스무 살은 젊어진 듯이 깡충거리며 병실 안으로 들어갔다.

"요양원이 제법 경찰서 같아졌네요."

"경찰서를 몰라서 그런 말을 하는 겁니다."

솔이 대꾸하면서 토머스에게 얼른 들어오라고 눈짓했다.

"혹시 줄리아 과장님에게서 연락이 왔어요?"

"아니, 내가 몇 분 전에 먼저 전화했어. 그레이트폴스에 깔린 경찰 끄나풀까지 총동원했지만 아직 팀의 행방은 몰라. 리지, 스펠먼 부부의 집에서 뭘 좀 알아냈어요?"

리지 할머니가 이마를 찌푸리며 고개를 저었다.

"이미 알고 있던 사실이 다예요. 그 불쌍한 노부부 때문에 어찌나 마음이 아프던지……."

"토머스, 넌 괜찮아?"

토머스는 어깨를 으쓱해 보였다.

"난생처음 보는 사람들인데 나하고 피가 섞였을지도 모른다고 생각하니까 기분이 좀 이상하더라고요."

"말이 나와서 말인데, 네 출생 당시 병원에서 분만을 담당했던 간호사와 연락이 닿았어. 전화로는 아무 말도 하지 않으려고 하더라고. 하지만 2007년 6월에 분만실에서 무슨 일이 일어나지 않았느냐고 물었더니 굉장히 불편해하는 기색이었어."

"더 캐묻진 않았고요?"

"응, 사람의 입을 여는 것도 기술이야. 사고를 당하기 전에 내 주특기였지. 적당한 시점에서 압박을 늦추는 것이야말로 심문을 성공적으로 이끄는 비결이야. 세게 나가면 입을 더 닫아 버릴 것 같았어."

해롤드 할아버지가 토머스에게 쪽지를 불쑥 내밀었다.

"간호사에게 주소를 받아 뒀어."

토머스가 리지 할머니를 돌아보았다.

"한번 더 출동할 준비가 됐나요?"

"당연하지!"

솔이 토머스를 불러 세웠다.

"신문 기사에서 뭘 찾았는지 궁금하지 않아?"

토머스가 멈칫했다.

"뭘 찾긴 찾았군요?"

"아마도. 네가 태어난 날 이상한 사망 사고가 한 건 있었어. 어떤 남자가 차에 치여 죽었지."

"그게 이 사건과 무슨 관계가 있는데요?"

"검은 양복을 입은 사내가 그 남자를 차도로 미는 걸 봤다는 목격자가 있어."

"세상에! 후속 기사는 없고요?"

"없어. 목격자가 있었는데도 수사가 종결됐지. 그 당시에 팀과 나도 그레이트폴스 경찰서 소속이었는데, 그 사건에 대해 들은 기억이 전혀 없어."

"제가 태어난 날이라고 했죠?"

"그래."

"사망자에 대해서 좀 더 파 보는 게 좋을 것 같은데요……."

"내 생각도 그래."

"비극적인 사건으로 자식을 앞세운 부모를 또 만나야 한다는 얘기로군요."

"그래, 내가 갈 수 있으면 좋겠지만……."

"아저씨 마음 다 알아요. 그 사람 부모님은 어디에 살고 있어요?"

해롤드 할아버지가 쪽지와 신문에서 오려 낸 기사를 내밀었다. 죽은 남자의 사진이 실려 있었다. 서른 살쯤 되어 보였는데, 시애틀 대학교 로고가 들어간 운동용 점퍼를 입고 있었다. 리지 할머니가 자료를 챙기는 동안, 토머스는 솔을 물끄러미 바라보았다. 휠체어 신세를 지기 전까지 아주 유능한 경찰이었을 것이다. 만약에 그를 만나지 못했다면 어땠을까? 생각만으로도 막막한 기분이 들었다. 새삼 고마웠다.

"할머니, 다시 한번 날아가 볼까요?"

토머스는 무척 적절한 표현이라고 생각했다. 할머니가 운전하는 차를 타면 급커브를 돌 때마다 둥실 떠오르는 느낌이 들었으니까.

"토머스, 하나만 더."

"네?"

"당장 풀어야 할 숙제는 여러 개 보이지만 구체적으로 잡아낸 건 없어. 시간이 더 지나기 전에 팀이 어디로 끌려갔는지부터 알아내야 해."

"최선을 다해 알아볼게요. 약속해요."

토머스가 솔과 눈을 맞추며 진지하게 대답했다. 솔은 아무 대꾸도 없었지만 조금 안심하는 기색이었다.

토머스는 렌터카에 올라타 내비게이션에 주소를 입력했다. 다행히 그리 멀지 않은 곳이었다.

"할머니, 걸어서 가는 게 어때요? 가까운 곳이잖아요. 조금 걷는 것도 건강에 좋고요."

리지 할머니는 눈썹을 살짝 치켜올렸다. 운전을 하고 싶은 눈치였지만 토머스의 의견에 따라 주었다. 두 사람은 나란히 걸으면서 솔과 요양원, 그리고 리지 할머니의 생활에 대한 이야기를 나누었다.

"가장 나쁜 건 권태 아니겠니? 온종일 실내에서, 그것도 몸이나 정신이 성치 않은 사람들에 둘러싸여서는 끼니때만 기다리거나 카드 게임을 하는 게 전부지. 따분한 텔레비전 프로그램을 보고 있거나, 전화할 데도 없는데 휴대폰을 들고 멍하니 있거나……."

리지 할머니가 먼 곳을 바라보았다. 상대방에게 무슨 반응을 기대하고 한 말은 아닌 듯했다.

이윽고 두 사람은 사거리에 도착했다. 대로 건너편에 그레이트폴스에 단 하나뿐인 박물관이 있었다. 토머스는 박물관의 웅장한 돌기둥과 계단을 보고 그 자리에 우뚝 멈추어 섰다. 두 눈에 눈물이 차오르는 게 느껴졌다.

"토머스, 괜찮니?"

리지 할머니는 영문을 모른 채 토머스의 시선을 따라 박물관을 바라보았다. 토머스가 어머니와 함께 해마다 이곳을 방문했다는 사실을 알 리 없었다.

"추억의 장소거든요."

리지 할머니가 토머스의 옷소매를 살며시 끌어당겼다.

"이리 와, 좀 앉았다 가자."

토머스는 할머니가 이끄는 대로 벤치에 가서 앉았다.

"어머니가 생각나서요. 둘이서 여기에 종종 왔거든요."

"나도 마음이 아프구나. 너무 끔찍한 일이야. 누구도 그런 일을 당해선 안 되는데……."

토머스는 엄마처럼 포근한 할머니의 품에 안겨 처음으로 울음을 참지 않고 쏟아 냈다. 부모님에 대한 기억들이 마구 밀려들었다.

리지 할머니는 아무 말도 하지 않았다. 쓸데없는 백 마디 말보다 다정한 침묵이었다. 토머스는 한참 후에야 몸을 떼고 눈물을 닦았다. 무심히 지나치는 차들의 행렬을 보고 있노라니 마음이 차분해졌다. 차량들이 빚어내는 삭막한 소리에 잠시 귀를 기울였다.

토머스는 단조로운 소음 속에서 자신이 얼마나 하찮은 존재인지를 실감했다. 어떤 불행이 닥치든지 삶은 길가에 멈춰 선 이들에게 눈길 한 번 주지 않고 제 갈 길을 갈 뿐이었다.

두 사람은 자리에서 일어나 묵묵히 길을 걸었다. 얼마 지나지 않아 간호사의 집에 도착했다. 초인종을 누르자 얼굴이 각지고 등이 굽은 여자가 문을 열어 주었다. 낯선 이들을 심하게 경계하는 기색이었다.

"누구시죠?"

"테레사 도허티 부인?"

"뭘 팔려고 온 건지 모르겠지만 관심 없으니까 돌아가요."

"저희는 잡상인이 아니에요. 저는 기자고, 토머스는 실습생입니다.

부인께 몇 가지 질문이 있어서 찾아왔어요."

"질문?"

"예전에 산부인과에서 근무하신 적 있죠? 그때 얘기를 좀 듣고 싶어요. 잠시 시간을 내 주실 수 있으세요?"

"어디서 무슨 얘길 들었는지 모르겠지만, 나는 아무것도 모르고 할 얘기도 없어요."

"부인, 이건 무척 중요한 일이에요. 2007년 6월 20일에 일어난 일 중에 뭐 기억나는 것 없으세요?"

"말귀가 안 통하네요. 더 할 말 없으니까 얼른 가 보세요."

테레사 부인은 쾅 소리 나게 문을 닫았다.

토머스는 솔의 직감이 적중했음을 느꼈다. 목표 지점에서 포기할 수는 없었다. 주먹으로 문을 마구 두들겼다.

"아주머니, 제 이름은 토머스 핸들이에요. 저는 2007년 6월 20일에 태어났어요. 꼭 여쭤 보고 싶은 게 있어요. 잠깐만 시간을 내 주세요!"

집 안에서는 아무 대꾸도 없었다. 토머스는 수사를 하면서 단서를 파헤치려면 모든 문을 열어 봐야 한다는 솔의 가르침을 떠올렸다.

리지 할머니가 토머스의 어깨에 손을 얹었다.

"토머스, 여기에서 시간을 더 지체하면 안 될 것 같아. 집주인이 경찰을 부를지도 모르잖니? 그것만은 피해야 해."

토머스는 끝내 열리지 않는 문 앞에서 고개를 푹 숙였다.

"지금…… 핸들이라고 했니?"

두 사람이 뒤돌아서려는 찰나, 문이 빼꼼 열리더니 테레사 부인이 다시 나타났다.

“네, 제가 토머스 핸들이에요.”

“들어와도 좋아…….”

토머스는 심장이 터질 듯한 긴장감을 느끼며 집 안으로 들어섰다. 세상 돌아가는 모양새나 유행과는 무관하게 집주인이 잘 건사한 집이었다. 토머스는 옛날 물건이 잘 정리되어 있는 집처럼 테레사 부인의 기억도 상세하고 분명하기를 바랐다.

잠시 후 두 사람 앞에 김이 모락모락 올라오는 차가 놓였다.

테레사 부인이 먼저 입을 뗐다.

“그래, 뭘 알고 싶은 거야?”

“최근에야 아버지와 어머니가 제 친부모가 아니라는 걸 알았어요. 부모님은 그 사실을 인정했지만 진실을 알려 주지 않으셨죠. 행정 서류상으로도 제가 입양된 기록이 남아 있지 않고요. 제가 어디에서 왔는지 알고 싶어요.”

“왜 부모님과 좀 더 이야기를 해 보지 않고 날 찾아온 거지?”

“두 분이 돌아가셨거든요…….”

테레사 부인은 충격을 받은 듯 잠자코 생각에 잠겨 있다가 어렵사리 입을 열었다.

“그날 나는 담당 의사인 피셔 선생님의 지시로 분만실에 들어갔어. 성질은 별로지만 실력 하나는 끝내주는 의사였지. 작년에 심장마비로 돌아가셨지만……. 나는 그날을 자주 떠올리곤 한단다.”

토머스는 이야기에 귀를 기울이며 흥분이 차오르는 걸 느꼈다. 테레사 부인은 다시 기억 속으로 빠져들었다.

"햇빛 좋은 날이었어. 아이들이 태어나기에 완벽한 날씨였지. 다른 분만은 다 순조로웠어. 그러고 나서 네 부모님이 병원에 도착했지. 집이 멀어서 진통을 꽤 오래 한 상태였단다. 어머니 이름이 수전이었던가? 맞니?"

토머스가 고개를 끄덕였다.

"지독한 난산이었어. 아기가 통 내려오질 않았거든. 병원에 조금만 일찍 왔더라면 의료진이 뭔가 해 볼 수도 있었을 텐데. 안타깝게도 아기가 탯줄에 목이 졸려서 죽은 채 태어났어. 드물지만 가끔 일어나는 사고야. 아기를 살리려고 애썼지만 소용없었어. 아름다워야 할 날이 악몽으로 변해 버렸지."

리지 할머니가 두 눈을 질끈 감고 고개를 떨구었다.

"네 부모님은 죽은 아기를 앞에 두고 오랫동안 통곡했어. 브래들리였던가? 아기 이름도 미리 정해 두셨더라고. 피셔 선생님과 나는 아무 말도 할 수가 없었지. 그때 웬 남자가 분만실로 뛰어 들어왔어. 첫눈에 뭔가 잘못됐다는 예감이 들었단다. 남자의 눈에 광기가 어려 있었거든. 약이 다 떨어져 병원을 급습한 마약 중독자인가 싶을 정도였으니까.

피셔 선생님이 제압하려 했지만 남자는 메스를 들고 우리를 위협했어. 네 부모님은 아기를 잃은 충격에서 벗어나지도 못한 채 그 흉악한 상황을 목격했고. 우리가 네 부모님 앞을 막아서서 뒷걸음질하고 있는데, 갑자기 아기 울음소리가 들리는 게 아니겠니? 그래, 신생아 울음소리였어. 남자가 어깨에 메고 온 운동 가방을 분만대 위에 내려놓더니 그

안에서 모포에 싸여 있는 갓난아기를 꺼내지 뭐야? 그 광경을 보면서도 믿을 수가 없었지. 남자는 메스를 분만대에 내려놓고 두 손을 들어 보이며 우리를 진정시켰어. 그 눈빛이 영원히 잊히지 않아. 세상에서 가장 간절한 기도 같았거든."

토머스는 목이 메었다.

"그 아기가 전가요?"

테레사 부인이 잔잔히 미소를 지었다.

"그래, 너야."

토머스는 숨을 크게 들이마셨다. 어느새 눈가가 촉촉했다. 리지 할머니도 울고 있었다.

"남자는 자기가 분만실에 난입한 사실을 아무에게도 말하지 말라고 했어. 지금도 토씨 하나 틀리지 않고 다 기억해. '내가 이 아기를 여기에 데려왔다는 사실이 알려지면 여러분이 위험해집니다.' 나는 처음에 그의 눈에서 광기를 보았다고 생각했지만, 사실 그건 주체할 수 없는 공포였던 거야. 죽음의 신을 대면하고 온 듯한 표정이었지."

"그래서 당신들은 그 아기를……."

리지 할머니가 묻자 테레사 부인이 어깨를 으쓱했다.

"수전이 울음 섞인 목소리로 남자에게 아기의 부모가 누구냐고 물었어. 그가 부모는 이미 저세상 사람이 되었고, 아기를 돌봐 줄 사람은 아무도 없다고 대답했지. 나는 피셔 선생님을 쳐다보았어. 우리 앞에는 이제 막 아기를 잃은 부부와 난데없이 나타난 갓난아기가 있었지. 남자가 거짓말을 하는 것 같지는 않았어. 무슨 이유로 너를 우리에게 맡기게 됐는지는 몰라도, 우리가 찾은 가장 최선의 해결책은 수전의 품에 너를 안겨 주는 거였단다. 수전은 죽은 아기의 이마에 마지막으로 입을 맞춘 뒤 너를 품에 안았어. 그때 네가 울음을 딱 그쳤지. 난 그게 운명의 신호라고 생각했단다."

"그래서 외부에 사산을 알리지 않았군요."

"우리는 거짓말을 하거나 이야기를 지어낼 필요조차 없었어. 네 어머니는 만삭의 임신부로 병원에 와서 아기를 안고 나갔으니까. 우리는 사정을 다 알고 선택한 거야. 오늘까지 그 결정을 후회한 적은 단 한 번도 없단다."

"그 후로 남자를 다시 보신 적은 없나요?"

"없어. 그 사람이 그 후에 어떻게 되었는지는 몰라. 우리가 약속을 지키겠다고 하자 그는 고맙다는 인사를 한 뒤 서둘러 떠났어."

리지 할머니가 가방에서 부스럭거리는 소리를 내며 뭔가를 꺼냈다. 신문에서 오려 낸 기사였다.

"이것 좀 보세요. 혹시 아기를 맡긴 남자와 닮지 않았나요?"

테레사 부인이 신문 기사를 건네받고 안경을 고쳐 쓰더니 놀란 눈으로 리지 할머니를 쳐다보았다.

"맞아요, 이 남자예요. 이름이 새뮤얼이었군요. 새뮤얼 헤이즈. 바보처럼 들리겠지만 난 이 사람의 이름이 궁금했거든요. 지금 어디에 살아요?"

부인은 이렇게 묻고는 그제야 기사 내용을 훑어보았다.

"오, 세상에……. 죽었군요. 도로에서 떠밀려 차에 치여 죽다니, 살해당한 건가요?"

"저희 생각은 그래요. 심지어 제가 태어난 날이지요. 병원에서 나온 지 얼마 되지 않아 변을 당한 것 같아요."

"정말 위협을 받고 있었던 모양이구나. 거짓말이 아니었어."

"이 사람을 죽인 놈들이 우리 부모님도 죽였어요. 지금은 저를 쫓고 있고요."

"아니……, 대체 왜?"

"저희도 그 이유를 찾는 중이에요. 혹시 이 남자가 남긴 말이 더 있지는 않나요?"

"안타깝지만 없어. 도움을 주지 못해 미안하구나."

"천만에요. 아주머니 덕분에 저의 과거가 조금씩 밝혀지기 시작한걸요."

두 사람은 테레사 부인에게 인사를 한 뒤 거리로 나왔다. 토머스는 손이 떨리는 게 느껴져 주먹을 꽉 쥐었다. 테레사 부인에게 들은 진실이 너무나 충격적이었다. 리지 할머니가 토머스의 어깨를 토닥였다.

"가자, 좀 걸으면 기분이 나아질 거야. 얼른 가서 솔과 상의하는 게 좋겠어."

두 사람은 한마디 말도 없이 묵묵히 걷기만 했다. 토머스의 머릿속에 온갖 의문들이 밀려들었다.

'새뮤얼 헤이즈라는 남자는 누굴까? 친어머니는 실종된 직후부터 나를 낳기 전까지 무슨 일이 있었던 걸까? 나는 대체 누구지?'

확실한 건 자신에게는 아무도 없다는 사실이었다. 토머스는 최근에 고아가 되었지만, 실은 세상에 태어날 때부터 고아였던 것이다. 감정에 휩쓸리지 않으려고 애썼지만 집채만 한 분노와 슬픔이 밀려왔다. 무엇보다 절망을 간신히 막고 있던 댐이 막 무너져 버린 느낌이 들었다.

그래도 테레사 부인과의 만남으로 진실에 한 발 더 다가설 수 있었다. 새뮤얼 헤이즈라는 단서는 칼자국 사내를 잡을 수 있는 실마리, 더 나아가 팀 경감을 구할 수 있는 실마리가 될지도 몰랐다.

토머스는 요양원에 도착해 솔의 병실로 들어갔다가 주춤하고 뒤로 물러났다. 병실에 낯선 중년 여성이 와 있었다.

"괜찮아. 내가 얘기했던 줄리아 르클레르크 과장이야. 내가 네 이야기도 했어."

솔이 토머스를 안심시켰다.

토머스는 줄리아 과장을 경계하면서도 눈여겨보았다. 길게 늘어뜨린 금발, 밤처럼 새까만 눈, 운동선수처럼 탄탄한 몸. 딱 보기에도 인기가 많을 것 같았다. 왠지 어디선가 본 듯한 느낌을 받았지만 뚜렷하게 떠오르는 기억은 없었다. 부모님과 함께 거쳐 온 수많은 도시와 마을 어딘가에 비슷하게 생긴 사람이 있었을지도 모른다는 생각이 들었다.

"그동안 많이 힘들었지?"

줄리아 과장이 토머스의 생각이라도 읽은 듯이 다정하게 말을 건넸다. 토머스는 그녀가 조금이라도 수상한 몸짓을 보이면 당장 도망갈 생각이었지만, 그 말을 듣고 나자 긴장이 조금 풀렸다.

"뭔가 새로운 정보가 있었니?"

토머스가 테레사 부인에게 들은 이야기를 상세히 전하자 솔이 눈을 반짝 빛냈다.

"이번에는 확실히 건진 게 있구나. 줄리아가 내 부탁을 받고서 새뮤얼 헤이즈에 대해서 조사했어. 죽기 전까지 파머코프 연구소에서 일했다더구나."

줄리아 과장이 설명을 덧붙였다.

"우리 도시에서 가장 큰 직장이지. 파머코프사의 사장인 키스 해링턴은 시애틀 출신이고 그쪽에 인맥이 상당해. 정기적으로 시장, 판사, 그 외 유력 인사들과 골프 회동을 하지. 확실한 증거 없이 그쪽을 쑤셨다가는 골치 아파진다는 뜻이야. 이건 내가 모은 파머코프 관련 자료들이야."

줄리아 과장이 탁자 위에 사진 몇 장과 문서를 펼쳐 놓았다. 토머스는 사진을 훑어보았다. 키스 해링턴은 근사한 양복 차림이었지만 인상이 매우 고약했다. 각진 얼굴과 육중한 체격은 생물학자보다는 전직 군인에 가까워 보였다. 짧게 다듬은 회색 머리와 강청색 눈동자가 눈에 확 띄었다. 다른 사진들을 넘겨 보던 토머스가 네 번째 사진에서 우뚝 멈추었다. 심장이 철렁 내려앉았다. 지금보다 한결 젊어 보이는 사장이 양옆에 보디가드를 대동하고 찍은 사진이었다.

"여기 오른쪽! 작은 서류 가방을 든 사람이 칼자국이에요. 우리 부모님을 살해한 그놈이 확실해요!"

솔이 사진을 자세히 보려고 고개를 기울였다.

"사진상으로는 얼굴에 흉터가 없는데?"

"틀림없어요. 흉터가 생기기 전에 찍은 사진일 거예요."

솔이 줄리아 과장에게 물었다.

"서장에게 팀이 파머코프사 로고가 찍힌 차에 실려 가는 걸 목격한 제보자가 나타났다고 하면 어떨까? 관련이 있든 없든 일단 경찰 납치 사건은 가볍게 넘길 사안이 아니니까, 그 회사에 가 보라는 지시가 떨어질 것 같은데……."

"좋은 생각이야."

솔이 토머스에게 당부했다.

"만만하게 생각해선 안 되는 거 알지? 만약에 키스 해링턴이 정말로 네 부모님의 죽음과 관련이 있다면, 네가 직접 적의 소굴로 뛰어들어선 안 돼. 줄리아는 서장에게 너에 관한 이야기를 하지 않을 거야. 네가 우리와 함께 있다는 걸 알면 서장이 널 붙잡고 심문하려 들 테니까."

토머스가 고개를 끄덕였다.

"그 말에 동의해요. 전 예정대로 리지 할머니와 함께 새뮤얼 헤이즈의 부모님을 만나러 갈게요.

줄리아 과장이 쪽지를 내밀며 끼어들었다.

"새뮤얼 아버지가 입을 열지 모르겠구나. 아들을 잃은 후에 아내마저 세상을 떠났기 때문에 어떤 반응을 보일지 알 수가 없어. 솔이 찾아낸 주소는 옛날 거고, 지금은 여기에 살아. 단비에서 아주 가까운 곳이지."

토머스는 단비라는 이름을 듣자 심란해졌다.

"그래도 가 볼 거지?"

솔이 조심스레 물었다.
“네, 가야죠.”
“그래, 새로운 정보를 알게 되면 연락해. 행운을 빈다.”
“두 분도 몸조심하세요.”

놀런 서장은 서류를 들여다보고 있다가 문을 두드리는 소리에 고개를 번쩍 들었다. 줄리아 과장이 솔의 휠체어를 밀고 서장실로 들어왔다.
“이게 누구야, 솔!”
“오랜만입니다.”
“다시 보니 반갑기 그지없구먼.”
“형식적인 인사는 그만두는 게 어때요? 좋은 사이도 아닌데 가식은 떨지 말자고요. 팀 때문에 왔어요.”
“그래, 팀 던컨이 며칠째 연락 두절 상태야. 타고 다니던 차는 문이 열린 채 시내 도로에서 발견됐고. 팀을 찾기 위해 모든 수단을 동원하고 있지만 애석하게도 목격자가 없어.”
“팀이 어디에 있는지 알아낼 것 같습니다.”
서장은 솔을 빤히 바라보다가 줄리아 과장에게로 시선을 옮겼다.
“줄리아에게 뭐라고 하지 마세요. 제가 개인적으로 진행한 수사니까요. 줄리아하고는 지금 막 만났을 뿐입니다.”
“개인적으로 진행한 수사라고? 이런 말은 미안하지만 자네는 수사를 할 수…….”
“팀이 날 보러 요양원에 왔다가 수첩을 깜빡하고 갔어요. 그래서 줄리아에게 연락했고, 이 수첩을 토대로 팀을 찾아보자는 이야기가 오간 겁니다."

"뭐라고? 줄리아, 그런 자료를 받았으면서 우리에게 전달하지 않았단 말이야? 이번 일은 그냥 넘어갈 수 없으니 각오해."

서장이 분통을 터뜨리자 솔이 냉랭하게 되받아쳤다.

"그냥 넘어갈 수 없으면 어떻게 하실 건데요? 줄리아도 휠체어에 태워 죽을 날만 기다리는 노인네들 천지인 곳에 보낼 건가요? 이런 사태에 책임을 져야 할 사람들이 얼른 잊을 수 있도록 눈길이 닿지 않는 곳에 처박을 거냐고요!"

놀런 서장이 자리에서 벌떡 일어났다. 이를 악물고 뺨을 붉힌 모습이 금방이라도 폭발할 것 같았다.

"솔 브리검, 선 넘지 말게!"

줄리아 과장이 두 사람을 말리며 막아섰다. 놀런 서장과 솔은 서로를 잡아먹기라도 할 듯이 노려보았다.

"지금 이럴 시간이 없어요. 하루라도 빨리 팀을 찾아야 해요. 제가 알아낸 정보가 있어요."

서장은 가까스로 화를 억누르며 물었다.

"말해 보게."

"팀은 토머스 핸들을 추적 중이었어요. 소년이 무료 급식소에 나타났다는 제보를 받고 움직였지요."

"팀의 차가 발견된 곳이 무료 급식소 근처이긴 해. 계속해 봐."

"제가 동원할 수 있는 정보통을 모두 움직였어요. 팀과 연락하던 사람들에게도 부탁했고요. 때론 이런 구식 방법이 통하더군요. 양복을 잘 차려입은 남자 두 명이 팀을 소형 트럭에 태우고 가는 걸 봤다는 목격자가 나타났어요. 그런데 차체에 파머코프사 로고가 박혀 있었다고 합니다."

솔은 서장이 줄리아의 거짓말에 속아 넘어가기를 바라며 잠자코 있었다.

"줄리아, 농담이 지나친 거 아닌가?"

서장은 줄리아와 솔을 번갈아 보며 이맛살을 지푸렸다.

"팀이 파머코프 쪽에 납치를 당했다는 걸 믿으라고? 그래서 지금 그 회사를 기습 수색이라도 하겠다는 거야?"

줄리아 과장은 서장의 눈길을 피하지 않았다.

"동료를 찾아내려면 뭐든 해 봐야죠."

"자네들이 입수한 정보에 문제가 있으면 우리가 똥물을 뒤집어쓰게 된다는 생각은 안 하나? 파머코프사의 변호인 군단이 미친 듯이 고소장을 날릴 텐데?"

"지금 누구를 범인으로 몰아세우는 게 아닙니다. 단지 회사의 방문을 허가해 달라고 요청하는 거예요. 파머코프사가 책잡힐 게 없다면 거절할 이유도 없겠지요."

서장과 줄리아 과장은 치열하게 입씨름을 했다.

"그 회사 사옥만 해도 규모가 어마어마해. 만에 하나 팀이 거기에 있다 해도 어떻게 찾겠다는 건가?"

"그러니까 인력이 많이 필요합니다."

"우리 경찰서 사람들을 다 끌고 가겠다고?"

"서장님, 경찰은 한식구입니다. 지금은 모두 힘을 합쳐야 할 때예요. 팀 경감을 찾기 위해 전력을 다하지 않으면 다른 동료들이 조직에 소속감을 느낄 수 있을까요?"

마침내 서장은 결심이 섰는지 마지못해 고개를 끄덕였다.

"알겠네, 지금 당장 출동하게."

"마지막으로 하나만 더요. 어디로 출동하는지는 마지막 순간까지 밝히지 않았으면 합니다."

"이유는?"

"팀이 수첩에 조직 내에 스파이가 있는 것 같다고 적어 두었더군요."

"스파이라고?"

"네, 경찰이 아니면 알 수 없는 정보가 유출된 것 같습니다. 그런 이유 때문에 수첩에 대해서도 빨리 말씀 드리지 못한 거예요."

줄리아 과장의 얘기를 듣고 사무실 안을 초조하게 서성이던 서장이 작은 금고에서 38구경 권총을 꺼내 들었다. 그러고는 장전이 잘되어 있는지 확인했다. 솔은 기분 나쁜 예감이 들었다. 만약에 서장이 스파이라면 어쩌지? 그래서 반사적으로 오른손을 들어 윗옷 안주머니를 더듬으려다가 좌절하고 말았다. 일단 오른손이 말을 듣지 않을뿐더러, 가슴팍에 권총을 소지하고 다니지 않은 지 이미 오래였던 것이다. 솔은 고함을 지르고 싶었다. 아무것도 할 수 없는 자신의 무력함을 확인할 때마다 미칠 것만 같았다.

그사이 서장은 권총을 한 번 더 확인하고는 재킷 안주머니에 넣었다.

그제야 솔도 긴장이 풀렸다. 줄리아 과장이 놀라서 물었다.

"서장님도 가시게요?"

"가벼운 나들이 한 번에 내 자리가 날아갈 수도 있어. 그러니까 직접 작전을 지휘하겠네. 내가 나서면 파머코프사 사장이 더 협조적으로 나올 수도 있어. 줄리아, 여기에는 최소한의 인원만 남기고 모두 출동할 수 있게 인력들을 모아 줘. 파머코프사의 수색이 필요 이상으로 오래 걸리지 않기를 바라네."

솔이 초조하게 덧붙였다.

"팀을 꼭 찾기 바랍니다."

"물론이야, 솔. 도와줘서 고맙네. 이만 가 봐도 좋아."

"저도 함께 가고 싶은데요."

서장은 잠시 망설이다가 결국 그의 요청을 수락했다.

"그러든지, 단 우리가 감당할 수 있는 선에서……."

솔은 숨을 크게 들이마셨다. 눈앞에 최신 약품을 제조하는 파머코프의 공장과 초현대식 부속 건물이 서 있었다. 건축물들은 울창한 녹지 한가운데 불쑥 튀어나온 콘크리트와 유리 뭉치 같았다. 20층 높이의 타워가 길쭉한 두 개의 건물을 내려다보는 구조였는데, 두 건물에 일정한 간격으로 솟은 굴뚝에서 연기가 뿜어져 나오고 있었다. 파머코프 입구의 창살문 앞에는 경찰차들과 대원들이 지시를 기다리고 있었다.

초소를 지키는 경비원에게 방문 목적을 알리는 서장의 목소리가 들렸다. 경비원은 몹시 당황한 표정으로 서둘러 비서실에 연락했다. 마침 키스 해링턴은 20층에 위치한 사무실에 나와 있었다. 헤드라이트 불빛과 시동을 끄지 않은 자동차들의 엔진음이 긴장감을 고조시켰다. 100여 명의 경찰들이 키스 해링턴의 답변을 기다렸다.

잠시 후 경비원이 안도하며 말했다.

"들어가도 좋습니다. 사장님이 서장님과 직접 얘기하고 싶다고 하시네요. 20층으로 올라가시면 됩니다."

줄리아 과장이 동요하지 않고 물었다.

"이곳 말고 다른 출입구는 없는 거죠?"

"네, 없습니다. 파머코프에 드나드는 사람은 모두 여기를 통과해야만 합니다."

줄리아 과장이 고개를 끄덕이더니 무전기에 대고 몇 마디 했다. 수색하는 동안 입구를 지킬 경찰차 한 대만 남겨 두고 모두 회사 안으로 들어가기로 했다.

선두 차량부터 거대한 산업 단지 안으로 진입하기 시작했다. 정원은 완벽하게 관리되어 있었고, 직원용 주차장은 광활하기 그지없었다. 파머코프는 그 자체로 홍보용 카탈로그에서 튀어나온 소도시 같았다. 타워 안으로 들어가 보니 인테리어도 외부 못지않았다. 고급스러운 목재, 디자인 가구, 벽에 걸린 유명 화가들의 작품은 이 회사가 얼마나 잘나가고 있는지를 실감케 했다.

곧 잘 재단된 검은 양복을 입은 남자가 서장과 줄리아 과장, 그리고 솔을 대표실까지 안내했다. 솔은 아주 사소한 것 하나도 놓치지 않으려 애썼다. 그것 말고는 딱히 할 수 있는 일도 없었지만, 무엇보다 그들을 사장에게 안내하는 보안 팀장이라는 사람도 미심쩍은 구석이 있었다. 무기를 소지하고 있었던 것이다. 솔은 보안 팀장이 팀을 납치한 이들과 비슷한 일을 할지도 모른다고 추측했다.

키스 해링턴의 사무실은 솔이 지내는 요양원의 전체 면적과 맞먹을 성싶었다. 사무실 안으로 들어가자 키스 해링턴이 자리에서 일어나 그들을 맞이했다. 그는 공권력의 행사에 다소 불편함을 느꼈지만 크게 내색은 하지 않았다. 오히려 따뜻하게 웃으며 서장을 환대했다.

"서장님, 안녕하십니까? 무슨 용건으로 이렇게 직접 찾아오셨나요?"

"상황이 급박해 미리 연락을 못했습니다. 경찰이 실종되는 사건이 벌어졌는데, 그 친구를 완력으로 제압해 파머코프의 트럭에 태우고 가는 걸 목격했다는 제보가 들어왔어요."

"세상에! 뭔가 착오가 있는 것 아닐까요?"

서장이 솔을 슬쩍 쳐다보았다.

"그게……, 확실한 제보라서 무조건 확인해야 하는 상황입니다. 협조 부탁드립니다."

"저희 회사는 언제나 경찰 수사에 협조하고 있습니다. 거리낄 것도 없고요. 얼마든지 둘러보셔도 좋습니다."

그제야 서장은 무거운 짐을 내려놓은 듯이 긴장이 풀렸다. 수색을 시작하라는 뜻으로 줄리아 과장에게 고갯짓을 했다. 과장이 무전기에 대고 지시를 내리자 100여 명의 경찰들이 공장 건물들과 타워 구석구석으로 퍼져 수색을 시작했다.

솔이 보기에 키스 해링턴은 지나치게 친절하고 매력적인 사람이었다. 흡사 벼룩시장에서 사들인 피카소 그림처럼 가짜 냄새가 풀풀 난다고 할까? 그가 경찰들에게 1972년산 코냑을 내놓으며 시음을 권했다. 솔은 서장이 순순히 잔을 받는 것을 지켜보며 두 사람의 대화에 귀를 기울였다.

키스 해링턴이 하소연하듯이 말했다.

"서장님, 솔직히 말해서 누가 회사 로고가 떡하니 박힌 트럭에다 경찰을 납치하겠습니까?"

서장은 건네받은 술을 음미하면서 나지막이 대답했다.

"사장님이라고 해서 직원들을 어떻게 속속들이 다 아시겠습니까? 선량한 무리 안에 불한당이 숨어 있을 수도 있지요."

솔은 서장이 키스 해링턴에게 굽신거리며 말하는 모습을 보니 구역질이 날 것 같았다. 도저히 참을 수가 없어서 말문을 열었다.

"제가 뭐 하나 여쭤 봐도 될까요?"

서장이 눈으로 총이라도 쏠 것처럼 솔을 노려보았다. 하지만 그의 결연한 분위기에 압도되어 어쩔 수 없이 키스 해링턴에게 솔을 소개했다.

"대표님, 이쪽은 솔 브리검입니다. 실종된 경찰의 친구이자 한때 동료이기도 하지요."

"만나서 반갑습니다."

"이곳의 보안 시스템은 어떤 방식으로 작동합니까?"

솔은 사장의 인사치레를 무시하고 다짜고짜 물었다.

"간단하게 답할 수 있는 사안이 아닙니다. 파머코프는 산업 기밀이 있는 회사이고, 밖에는 우리를 시기하는 경쟁사들이 많거든요. 일단 회사 소유지 전체가 2미터 높이의 담장에 둘러싸여 있습니다. 최신식 감시 카메라 시스템이 있고, 유능한 보안 기술자들이 있지요. 단지 입구에서 여러분을 맞이하는 경비원처럼 곳곳에 상주하는 경비 인력도 있고요. 게다가 우리 회사 직원의 약 80퍼센트는 이 지역의 토박이이다 보니…….”

“그런 홍보용 연설은 투자자들에게나 하시지요. 저는 이곳에 동료를 찾으러 왔으니까요.”

“이분이 왜 이리 뾰족하게 나오실까…….”

“솔은 참고인 자격으로 왔을 뿐입니다. 그 사실을 망각하고 실언을 하면 즉시 돌려보내겠습니다.”

서장이 솔을 노려보며 사장에게 깍듯하게 말했다. 솔은 어쩔 수 없이 다소 누그러진 말투로 다시 물었다.

“지나쳤다면 죄송합니다. 너무 피곤하고 불안한 나머지 판단력이 흐려졌나 봅니다. 음, 마지막으로 하나만 더 여쭈어도 될까요?”

“그러시지요.”

“저희를 사무실까지 안내한 분이 총기를 소지하고 있던데, 일반적인 경비 인력이 아니지요?”

키스 해링턴이 다시 미소를 지었다. 아까처럼 완벽하게 통제되지는 않은, 찬바람이 부는 것 같은 미소였다. 솔은 자신의 질문이 정곡을 찔렀다는 걸 눈치챘다.

“맞습니다. 관찰력이 뛰어난 분이군요. 회사 내에서 특히 보안이 민감한 일부 구역은 사설 업체의 도움을 받고 있습니다.”

"군인 출신들인가요?"

"저는 그것까진 모릅니다만 뭐, 그럴 수 있겠죠. 그런 건 사설 보안 업체 측 사람들에게 물어봐야 하는 거 아닐까요? 전 업체를 이용하는 고객일 뿐이니까요. 어쨌거나 일을 깔끔하게 해서 만족하고 있습니다."

"용병들이 일을 잘하긴 하죠."

"됐어! 거기까지만 하게!"

서장이 버럭 화를 내더니, 줄리아 과장에게 솔을 차로 데려가라고 지시했다. 솔은 사무실 밖으로 나오자마자 기다렸다는 듯이 줄리아 과장에게 물었다.

"출동한 사람들에게 얼굴에 칼자국 흉터가 있는 양복 차림의 직원을 찾으라고 지시할 수 있어?"

"진짜 그렇게까지 해야 한다고 생각해?"

"그게 우리의 유일한 기회야."

줄리아 과장은 솔의 부탁대로 지시를 내렸다.

"고마워, 줄리아."

"고맙기는……. 나한테 당신과 팀이 어떤 의미인지 알잖아."

차로 돌아온 솔은 망을 보는 역할을 맡았다. 그는 여왕벌을 찾는 꿀벌들처럼 부산스럽게 오가는 경찰들을 물끄러미 바라보았다. 기다리는 것 외에는 아무것도 할 수 없는 자신의 처지를 다시금 실감했다.

다섯 시간이 지난 후에야 놀런 서장과 줄리아 과장이 밖으로 나왔다. 최후 선고가 떨어졌다.

"풀 한 포기까지 이 잡듯 뒤졌지만 못 찾았어. 솔, 팀은 여기에 없어."

# 함정

토머스는 어느새 엉망진창인 리지 할머니의 운전 실력에 슬슬 적응하고 있었다. 작은 배에 몸을 싣고 폭풍우가 부는 대로 이리저리 끌려다니는 기분이 딱 이렇지 않을까? 처음에는 이 파도만 넘으면 끝이겠지 생각하지만, 파도를 넘고 또 넘다 보면 무슨 일이 벌어져도 놀랍지 않을 듯했다.

할머니의 휴대폰을 확인해 보았지만 새로운 메시지는 없었다. 솔과 줄리아 과장은 지금 파머코프에 있을 터였다. 그들의 수색 작전에서 성과가 있어야 할 텐데. 지금은 일단 새뮤얼 헤이즈의 아버지를 만날 마음의 준비가 필요했다. 자식을 앞세운 또 다른 아버지를 만나야 하다니. 스펠먼 부부가 괴로워하던 모습이 여전히 생생하게 떠올랐다. 그들이 자신의 조부모일 거라는 확신 때문에 더 애달프고 잊히지 않는 것 같았다. 낯설기 그지없는 두 사람이 자신의 유일한 가족일지도 모른다니. 운

명은 때때로 인간을 너무 잔인하게 가지고 놀았다.

'헤이즈 씨가 우리를 만나 주려나? 아들과 아내를 잃은 슬픔을 극복했을까?'

토머스가 생각에 잠긴 사이에 어느새 단비에 도착했다. 가슴이 뻐근하게 아프면서 향수와 함께 슬픔이 밀려왔다. 내비게이션 안내를 보니 10분 뒤 목적지에 도착할 예정이었다. 그렇게 몇 킬로미터를 더 달려서 울창한 숲으로 들어갔다. 도로 위의 나무들이 가지를 뻗어 손을 맞잡은 듯이 얽혀 있었다. 백 년도 더 된 것 같아 보이는 울창한 세쿼이아가 가지를 이리저리 뻗고 있었고, 소용돌이처럼 한데 엉킨 나무와 가시덤불이 햇빛을 거의 차단하다시피 하고 있었다.

"굉장한 숲이네. 무슨 동화 속에 들어온 듯한 기분인데?"

"숲속에 괴물이 숨어 사는 이야기 같은 거요?"

"맞아."

토머스가 리지 할머니의 말에 맞장구를 쳤다. 왠지 소름 돋는 구석이 있는 숲이었다. 토머스는 괜스레 팔을 쓰다듬었다.

50미터 앞에서 좌회전입니다.

콧소리 섞인 내비게이션 안내 음성에 화들짝 놀랐다. 리지 할머니는 자동차 두 대가 간신히 지나갈 만한 좁은 옆길로 차를 몰면서 미심쩍은 표정을 지었다.

"이 길이 맞아?"

"네, 맞아요."

"이렇게 외진 곳에 집을 짓고 살다니……, 어쩐지 이상한데?"

토머스는 그 말에 반박할 수가 없었다. 햇빛이 들어오지 않을 만큼 빽빽하게 줄지어 늘어선 나무들을 보니 숨이 턱 막혔다.

잠시 후 목적지 근처입니다.

리지 할머니는 속력을 줄이더니 거대한 철문 앞에 차를 세웠다. 초록색 페인트칠이 다 갈라져 있었다.

"문이 열려 있는데? 들어가도 되나?"

토머스는 숲으로 난 오솔길을 바라보았다. 길의 절반은 가시덤불에 뒤덮여 있었고, 길 끝에 무엇이 나올지 짐작도 할 수 없었다. 그러나 최근에 생긴 듯한 타이어 자국을 보건대, 그 길을 이용하는 차량이 아주 없지는 않은 듯했다.

"숲길을 걷는 것보다는 차로 들어가는 편이 나을 것 같아요."

리지 할머니는 차를 뒤로 뺐다가 방향을 틀어서 그 길로 들어갔다. 그렇게 2킬로미터쯤 달린 후 모퉁이를 돌았더니 돌연 집이 나왔다. 아니, 그 건물을 집이라고 불러도 될까? 규모가 족히 600평은 되어 보였고, 대리석 기둥과 붉은 벽돌 벽이 전형적인 빅토리아 양식의 건물이었다. 뾰족한 지붕에 자리 잡은 여러 개의 탑, 울창한 나무 위까지 길쭉하게 솟은 창들은 전체적으로 화려하고 위엄이 넘쳤지만 그다지 조화롭지는 못했다.

"왜 뜽딴지같이 여기다가 이런 건물을 세웠을까?"

리지 할머니가 의아해하며 물었다. 답은 한쪽이 떨어져 나가 이리저리 흔들리는 녹슨 팻말에서 찾을 수 있었다. 글씨가 거의 지워졌지만 그래도 알아볼 수는 있었다.

"레드풋 여학원, 1908년 설립이라고 적혀 있어요."

"아주 오래전에는 학교였나 보구나……."

두 사람은 차에서 내려 몇 발짝 걸었다. 토머스는 옛 학교 건물을 주의 깊게 바라보았다. 그곳은 수십 년 전에 버려진 폐교에 지나지 않았다. 지붕에 구멍이 숭숭 나 있었고, 창문도 대부분 깨져서 바람을 피하지 못할 듯했다. 건물 구조도 과거에는 반듯하고 완벽한 대칭형이었겠지만 지금은 군데군데 부서져 있었다. 창밖으로 허벅지만 한 나뭇가지들이 튀어나온 곳도 있었고, 칠이 벗겨진 건물 정면의 외벽은 갈라지고 벗겨진 목재를 고스란히 내보였다. 처음에는 눈에 띄지도 않았던 부속 건물은 시커멓게 타버린 대들보와 잿더미에 불과했다.

'이 학교는 죽었어. 이미 자연으로 돌아가고 있다고.'

그렇게 생각하니 소름이 끼쳤다.

"우리, 여기에서 뭐 하는 거지?"

리지 할머니가 물었다.

"잘 모르겠어요. 기분 나쁜 곳이네요. 너무 외진 곳까지 들어와 버린 것 같아요."

"주소를 잘못 찾아온 걸까?"

토머스는 줄리아 과장에게서 받은 쪽지를 꺼내어 확인했다.

"아뇨, 주소는 여기가 맞아요."

기분 나쁜 예감이 들었다. 줄리아 과장은 우리를 왜 여기로 보낸 걸까?

의심이 촉매 작용을 하자 모든 것이 빠르게 착착 들어맞기 시작했다. 의식 저편에서 떠오르지 못하고 억눌려 있던 이미지가 비로소 선명하게 드러났다. 열 살 남짓한 금발의 소녀가 아버지와 축배를 드는 모습. 파머코프의 키스 해링턴과 그 딸의 사진이었다. 토머스의 머릿속에서 사진으로 보았던 소녀의 이목구비가 어떤 여자의 얼굴과 겹쳐졌다. 바로 줄리아 과장이었다.

이제 한 점 의혹도 없었다. 그래서 줄리아 과장을 처음 봤을 때 어디선가 본 듯한 느낌을 받은 것이다. 부모님이 살해당한 직후 나무집에 숨어 지낼 때 그놈의 〈그레이트폴스 뉴스〉를 마르고 닳도록 들여다보면서 그녀의 어릴 적 모습을 이미 보았는데! 줄리아 과장이 우리를 함정에 빠뜨렸다!

토머스가 다급하게 외쳤다.

"빨리 여길 떠야 해요! 지금 당장!"

리지 할머니는 깜짝 놀라 눈을 휘둥그레 떴다. 제대로 설명할 시간이 없었기에 토머스는 일단 할머니의 옷소매를 잡아 차가 있는 곳으로 끌고 갔다. 문득 벌레에 물린 것처럼 목덜미가 따끔했다.

"뭔 놈의 벌레가!"

토머스가 짜증스럽게 외치면서 손으로 목 뒤를 짚었다. 그런데 손가락에 뭔가가 잡히는 게 아닌가! 반사적으로 그것을 뽑아 보니 아주 작은 크기의 화살이었다. 토머스는 질겁하면서 리지 할머니를 바라보았다. 그녀의 어깨에도 똑같은 화살이 박혀 있었다. 리지 할머니도 어리둥절한 눈으로 토머스를 바라보았다.

갑자기 온 세상이 거대한 세탁기 속에 들어가기라도 한 것처럼 주위의 풍경이 빙글빙글 돌기 시작했다. 토머스는 걷기 위해 용을 썼지만 비틀거리다가 그만 바닥에 쓰러졌다. 의식을 잃기 전, 마지막으로 본 것은 어떤 얼굴이었다. 칼자국 사내의 얼굴, 자신의 부모를 잔인하게 살해한 자의 얼굴……. 줄리아 과장이 우리를 배신했다. 이번에는 자신의 특별한 능력도 소용이 없을 것 같았다.

솔은 잠잠한 휴대폰을 뚫어져라 바라보고 있었다. 해롤드 할아버지의 도움으로 리지 할머니에게 문자 메시지를 여러 번 남겼지만 답장이 오지 않았다. 왜 연락이 없는 걸까? 새뮤얼 헤이즈의 아버지를 만나러 가는 일은 그렇게 까다로운 임무도 아닌데.

결국 참다못해 해롤드 할아버지에게 부탁했다.

"혹시 헤이즈 씨의 전화번호가 바뀌었는지 알아봐 줄 수 있을까요?"

"번호가 바뀌었을 수도 있으니 태블릿으로 검색해 볼게요."

솔은 해롤드 할아버지를 부러운 눈으로 바라보았다. 할아버지는 여든이 넘은 데다 얼굴 전체가 주름으로 뒤덮여 있었지만, 얼마든지 자기 힘으로 활동할 수 있는 노인이었다. 그에게는 솔이 꿈도 꾸지 못할 자율성이 있었다.

"음, 어제 찾았던 주소와 전화번호가 그대로 나오는데요. 이게 맞는 것 같은데……. 모르지, 나이를 먹으면 내 기억력을 내가 못 믿겠다니까요."

"그 번호로 전화 좀 걸어 주시겠어요?"

해롤드 할아버지가 능숙한 손짓으로 전화를 걸어 솔의 뺨에 휴대폰을 대 주었다.

"여보세요?"

"안녕하세요? 헤이즈 씨 되십니까?"

"네, 전데요. 누구시죠?"

"고 새뮤얼 헤이즈 씨의 부친이신가요?"

"네."

헤이즈 씨의 음성이 곧바로 딱딱해졌다.

"그레이트폴스 경찰입니다. 실례가 되지 않는다면 몇 가지만 여쭈어도 될까요?"

솔은 천연덕스럽게 거짓말을 했다. 헤이즈 씨는 묵묵부답이었다.

"여보세요? 듣고 계세요?"

"네."

"오늘 오후에 헤이즈 씨를 찾아간 기자들을 만나셨는지 궁금해서요."

"무슨 말인지 모르겠습니다만."

"기자 두 명이 취재차 헤이즈 씨를 찾아갔는데 지금 연락이 되지 않습니다. 한 명은 칠십 대 여성이고, 다른 한 명은 어린 실습생입니다."

"금시초문인데요."

"정말입니까?"

"정말이 아니면 뭔데요! 당신, 멍청한 겁니까? 아니면 무능한 겁니까?"

헤이즈 씨는 솔이 대답할 겨를도 주지 않고 마구 쏘아붙였다.

"솔직히 말해 볼까요? 16년 전에 이곳에 왔던 당신네 동료도 무능하기 짝이 없었는데, 당신이라고 해서 뭐가 다르겠소?"

"헤이즈 씨, 무슨 말씀을 하시는지 모르겠습니다."

"경찰이라고 하면 울화가 치밀어서 살 수가 없습니다. 16년 전 당신네 경찰은 내 말을 귓등으로도 듣지 않았지요. 집에 들러서는 아들의 컴퓨터와 개인적인 물건들을 증거품이라고 채택해 트렁크에 싣고선 그냥 떠납디다."

"수사를 위한 정상적인 절차입니다만……."

"그러고 나서 일주일 내내 연락 한 번 없다가 나중에 전화를 해서는 뭐라고 했습니까? 사고사라고? 그 여자가 단순 사고사라고 하더군요. 기가 막혀서! 시답지 않은 질문으로 사람을 성가시게 하려면 16년 전에 왔어야지! 이제 와선 무슨 취재를 하겠다고 사람을 들쑤시는 거요! 심지어 집에 오지도 않은 사람들의 행방을 묻지 않나! 난 이제 아들도 없고, 아내도 없고, 손자들이 마당에서 뛰어노는 모습도 영영 볼 수 없는 세상에서 잊힌 노인일 뿐이오."

헤이즈 씨는 그렇게 퍼부어 대면서 아픈 속내를 감추려고 하지도 않았다. 솔은 헤이즈 씨의 말을 들으면서 어떤 직감이 머리를 스쳤다.

"혹시 이사를 하신 적이 있습니까?"

"이사? 나한테 남은 건 추억밖에 없소이다. 다 이 집과 얽혀 있는 추억이고……."

솔의 심장이 가슴팍에서 튀어나올 것처럼 거칠게 뛰었다. 어쩌면 이렇게까지 철저하게 속았을까?

"헤이즈 씨, 마지막으로 하나만 더요. 혹시 아드님 사망 사건의 수사를 담당했던 경찰관의 이름을 기억하십니까?"

"어떻게 잊겠소? 이제 막 경찰대를 졸업한 새파란 풋내기 여경을 보냈는데! 줄리아 르클레르크. 내가 그 여자를 얼마나 두고두고 저주했는지……."

"이런 전화를 드려 유감입니다. 시간을 내어 통화해 주셔서 감사합니다. 실례가 많았습니다."

해롤드 할아버지가 휴대폰을 탁자에 내려놓으며 물었다.

"유령이라도 본 얼굴이네요. 괜찮아요? 간호사를 부를까요?"

솔은 그제야 현실로 돌아왔다. 맞은편 벽에 걸린 시계에서 초침이 째깍째깍 움직이고 있었다. 그동안 흐르는 시간의 박동에 멍하니 자신을 내맡겼던 때가 얼마나 많았던가. 하지만 지금 이 순간, 그는 자기 친구들이 촌각을 다투며 죽음을 향해 다가가고 있다는 것을 깨달았다. 눈 깜짝할 사이에 계획이 섰다.

"해롤드 씨, 그레이트폴스 경찰서에 전화를 걸어서 솔 브리검이 놀런 서장을 찾는다고 말해요. 아주 급한 일이라고요. 서장이 전화를 받으면 바로 나를 바꿔 주세요."

몇 분 후, 솔과 서장은 두서없는 대화를 나누었다. 짧은 통화였지만 엄청난 내용이 담겨 있었다. 이제 포커 판에 뛰어들 때가 온 것이다. 솔이 먼저 카드를 내놓을 차례였다.

"이제 줄리아에게 전화를 걸어 주세요. 내 휴대폰 연락처에 번호가 있어요."

토머스는 머리가 쑤시는 통증을 느끼며 깨어났다. 뇌의 두 반구가 미식축구라도 벌이는 것 같았다. 이따금 두통이 가라앉는 것 같다가도 다음 순간 거세게 통증이 일었다. 정신을 잃기 전에 있었던 일이 단편적이나마 번쩍하고 섬광이 일 듯이 떠올랐다. 어두운 촉수로 사람을 통째로 집어삼킬 것 같던 숲, 다 허물어진 폐교, 마구잡이로 자란 식물들, 그리고 칼자국 사내의 의기양양한 미소…….

힘겹게 눈을 떠 보니 깨진 도기 조각과 썩은 나무토막이 널브러진 바닥에 누워 있었다. 높은 천장을 바라보기만 했는데도 머리가 팽그르르 돌았다. 그러다 차츰 시야가 또렷해졌다. 천장은 그렇게까지 높지 않았다. 어림잡아 3미터 50센티미터쯤 되어 보였고, 위층을 떠받치는 가로장들이 위태롭게 휘어 있었다. 그 사이의 회벽은 다 떨어져 나가서 약간의 잔해밖에 남아 있지 않았다. 곰팡내가 훅 끼쳤다.

마룻바닥은 벌레들의 소굴이었다. 마루판 틈새로 자라난 담쟁이덩굴이 불길한 마수를 뻗고 있었다. 몸을 일으키려 애쓰는데 머리가 바늘로 찌르는 것처럼 아팠다. 아무래도 다 쓰러져 가는 학교 건물의 내부인 듯했다.

리지 할머니는 몇 미터 떨어진 곳에 쓰러져 있었다. 가까이 다가가려고 했지만 팔이 말을 듣지 않았다. 그제야 뒤를 돌아보니 손목에 수갑이 채워져 있었고, 다른 쪽 수갑은 벽면의 라디에이터에 매어 있었다.

"곤란한 상황이야. 그렇지?"

토머스가 고개를 돌렸다. 어두워서 잘 보이지는 않았지만 몸집이 큰 사내가 반대편 벽에 기대어 앉아 있었다. 그의 두 손은 머리 위로 뻗은 채 배관 같은 것에 단단히 묶여 있었다. 토머스의 눈이 차차 어둠에 익숙해졌다.

"팀 던컨 아저씨!"

"안녕, 토머스. 드디어 만났구나. 다른 상황에서 만났더라면 더 좋았겠지만. 그런데 어떻게 내 이름을 알고 있지?"

"우리 집을 조사하러 단비에 왔을 때 저도 거기에 있었어요. 아저씨와 보안관이 집에 들어오는 걸 보고 얼른 제 방 침대 밑에 숨었거든요."

"그래서 날 알아봤구나. 하지만 어떻게 내 이름과 성을 다 아는지는 설명이 안 되는데……."

"그레이트폴스에 와서 아저씨를 미행했어요. 믿을 만한 경찰인지 아닌지 알아야 했거든요."

"그래서 네가 얻은 결론은 뭐지?"

"아저씨를 더 일찍 만나서 이야기를 나누었으면 좋았을 거예요. 그래도 아저씨를 미행하다가 솔 아저씨를 만났어요. 많은 대화를 나누면서 합의점도 찾았고요. 이런 말씀 드리기 죄송하지만 솔 아저씨가 거동이 자유롭지 않다는 게 제 입장에선 안심이 되었어요. 당장 절 잡아가거나 어떻게 하지 못할 테니까요……."

"솔……, 나에게 잘도 숨겼군."

"생각보다 화를 내지 않으시네요?"

"그 친구가 세상사에 관심을 잃은 지 2년이나 됐지. 솔이 다시 뭔가에 관심을 갖고 머리 쓸 생각을 하는 것 같아서 기뻤거든. 우리는 30년을 함께 일했어. 가족보다 끈끈한 사이고, 솔은 나에게 친형제나 다름없어."

토머스가 줄리아 과장의 정체를 폭로하려는 순간, 방 한쪽에서 박수 소리가 들렸다. 안톤이 대화에 끼어들었다.

"브라보! 정말 감동적이군. 하마터면 울 뻔했지 뭐야? 토머스, 네가 우릴 얼마나 애먹였는지 알아? 진짜로 영영 못 잡는가 보다, 하고 체념한 적도 있어."

토머스가 지지 않고 날카롭게 되물었다.

"줄리아 르클레르크가 너희 보스의 딸 맞지?"

안톤은 순간적으로 놀란 표정을 감추며 자신을 다잡았다.

"두루두루 능력이 많은 소년일세."

경감이 침통한 얼굴로 물었다.

"너희에게 정보를 빼돌린 스파이가 줄리아였다고?"

"인생은 놀라움의 연속이지……."

토머스가 안톤의 말을 자르며 사납게 외쳤다.

"너희 모두 지옥에나 가 버려!"

안톤의 무자비한 얼굴은 움찔하는 기색조차 없었다. 그자는 냉혈 동물이었고, 범죄에 있어 무서우리만치 프로였다. 토머스와 경감을 죽여야 할 때가 오면 눈 하나 깜짝 않고 처리할 터였다.

"토머스, 너에게 줄 선물이 있어. 키스 해링턴 사장님이 보낸 거야. 사장님은 네가 이 수첩을 꼭 읽어 봤으면 하더구나."

안톤이 성큼성큼 다가오더니 토머스의 발치에 종이 몇 장을 내동댕이쳤다. 토머스는 영문도 모른 채 종이들을 넘겨 보았다.

"이게 뭔데?"

"새뮤얼 헤이즈의 일기라고나 할까? 그 배신자 새끼가 네 어머니를 빼돌렸지. 놈은 매일 수첩에다가 그날그날 있었던 일을 기록했어. 그리고 자기에게 무슨 일이 생길 경우를 대비해서 부모 집으로 수첩을 보냈더라고. 소포가 집에 도착하기 전에 줄리아가 다행히 가로채서 망정이지……. 어쨌든 재미있게 읽길 바라."

안톤은 그 말을 남기고 방에서 나갔다.

솔은 다른 입소자들과 함께 탁자에 둘러앉아 카드 게임을 하고 있었다. 똑, 똑, 똑. 짧게 세 번 문을 노크하는 소리가 났다.

"들어오세요."

솔은 크게 심호흡을 했다. 머뭇거릴 때가 아니었다. 곧 삐걱하는 소리와 함께 문이 열리면서 줄리아 과장이 병실 안으로 들어섰다. 솔의 얼굴을 보고는 표정이 살짝 어두워졌다.

"안녕, 줄리아. 너도 포커 한판 할래?"

"안녕, 솔. 미안하지만 사양할게. 지금 우린 팀을 찾는 중이잖아……. 꼭 해야 할 말이 있다는 메시지를 보고 왔어."

줄리아 과장의 말투에 가벼운 짜증이 묻어 있었다.

"그래, 맞아. 토머스와 리지 할머니가 없어졌거든."

"없어졌다니……, 그게 무슨 말이야?"

"연락이 안 돼. 새뮤얼 헤이즈의 아버지를 만나러 간 건 너도 알지?"

"그럼 알지. 하지만 이분들 앞에서 수사 이야기를 하기는 좀 그렇지 않아?"

해롤드 할아버지와 다른 두 사람은 입을 꾹 다문 채 줄리아 과장을 뚫어져라 쳐다보았다.

"다른 데서 조용히 얘기하는 거 어때?"

줄리아 과장이 초조하게 물었다.

"그럴 생각 없어."

"솔, 그게 무슨 말이야?"

"계단에서 떨어져 죽거나 베개에 짓눌려 질식사할지도 모르잖아. 아니면 독이 든 주사기라도 들고 왔어? 사지 마비 환자를 눈에 띄지 않게 살해하는 방법이야 무궁무진하지."

"대체 무슨 소리를……."

"네가 어떤 방법으로 날 죽이려고 할지 궁금해서. 그뿐이야."

"당신이랑 말도 안 되는 입씨름 할 시간 없어."

"움직이지 마, 줄리아."

솔의 목소리가 총성처럼 매섭게 울려 퍼졌다. 포커를 치던 세 사람도 그대로 굳어 버렸다.

"네가 16년 전에 새뮤얼 헤이즈 사망 사건을 덮었다는 거 알아. 리지 할머니와 토머스에게 가짜 주소를 줘서 사지로 몰아넣었다는 것도. 그들은 지금 네 패거리의 손아귀에 있겠지?"

줄리아 과장의 얼굴이 일그러졌다. 솔은 망설이지 않고 더 강하게 치고 나갔다.

"왜? 내 앞에서 대놓고 말할 용기도 없어? 줄리아, 우린 네가 초짜일 때부터 붙잡고 모든 걸 쏟아부어서 가르쳤어. 그래서 능력 있는 수사관이 됐잖아. 그 결과가 이런 거야? 어떻게 팀에게 이런 짓을 해?"

줄리아 과장이 아무 말 없이 총을 꺼내 들고는 바닥을 겨누었다.

"우리 넷을 다 쏴 죽이려고?"

솔의 말이 끝나기가 무섭게 해롤드 할아버지가 자리에서 벌떡 일어났다.

"허튼 짓 하지 마시오."

줄리아 과장이 실소하며 야유하듯 대꾸했다.

"비실비실한 노인네 셋이 날 막을 수 있을까?"

"맥스는 전직 소방관이고, 나와 토니는 전쟁터에서도 싸워 봤어. 배신자의 총구 따위를 겁낼 것 같소?"

해롤드 할아버지가 맞받아치자 솔의 얼굴에 싸늘한 미소가 번졌다.

"거봐, 줄리아. 이 세상에는 너처럼 비겁한 인간들만 있는 게 아니야……."

줄리아 과장이 천천히 문 쪽으로 뒷걸음질했다.

"두고 보자고, 솔."

그녀는 이 말을 남기고 황급히 달아났다. 해롤드 할아버지는 의자에 털썩 앉더니 솔의 등을 두드리며 십년감수한 표정으로 말했다.

"와, 어찌나 무섭던지 오줌을 지릴 뻔했어."

"나도!"

맥스 할아버지가 외치자 토니 할아버지도 창백한 낯빛으로 안도의 한숨을 내쉬었다.

"세 분 다 완벽한 연기였어요!"

솔이 고마운 마음을 담아 외쳤다.

"어때요? 일이 잘 해결될 것 같습니까?"

"십중팔구는요. 이것만이 우리 친구들을 찾을 유일한 희망이네요."

네 사람의 얼굴에 결연한 표정이 떠올랐다.

요양원에서 도망쳐 나온 줄리아 과장은 주위를 경계하며 빠르게 자기 차에 올라탔다. 마음이 좀처럼 진정되지 않았다. 외투 주머니에서 독극물이 담긴 주사기를 꺼내 조수석에 홱 집어 던졌다. 빌어먹을! 상황이 어쩌다 이렇게 꼬였지? 솔직히 솔에게 주사기를 쓸 수 있을 거란 자신도 없었다. 오만 가지 추억이 밀려왔지만 어떻게든 머릿속에서 쫓아내려 애썼다. 자신에게는 선택권이 없었다. 사실 선택권이 있었던 적은 단 한 번도 없었다.

줄리아 과장은 거칠게 차를 출발시켰다. 수십 미터를 달리다가 차창 밖으로 휴대폰을 던져 버렸다. 휴대폰이 바닥에 부딪혀 깨지는 소리가 났다. 그녀의 옛 멘토가 거짓말을 한 게 아니라면 다시는 경찰서로 돌아갈 수 없을 터였다. 일단 휴대폰 대리점에 들러서 선불 충전식 휴대폰을 새로 구입했다. 이제 키스 해링턴에게 보내는 메시지가 추적당할 위험은 없었다.

도움이 필요해요. 솔 브리검이 내 정체를 알았어요. 30분 후에 상가 주차장으로 갈 테니 차를 준비해 주세요. 새 휴대폰과 현금도요.

줄리아 과장은 상가로 가는 도중에도 몇 번이나 차선과 방향을 바꾸면서 누군가 자신을 쫓아오지 않는지 확인했다. 10분쯤 지나자 비로소 숨쉬기가 조금 편해졌다. 뒤를 밟는 차량 따위는 없었다. 솔이 자신의 정체를 알았지만, 다행히 그는 그 옛날의 유능한 경찰이 아니었다.

줄리아 과장은 상가의 아치형 입구를 통과해 지하 주차장으로 내려갔다. 업무용 차량을 검은색 세단 옆에 세우고 핸드백만 챙겨서 뒤도 돌아보지 않고 내렸다. 20년을 그늘에 숨어 일했으니, 이제는 마음에 드는 차를 골라서 탈 수 있을 터였다.

# 밤이 아무리 깊고 어두워도

토머스는 새뮤얼 헤이즈의 일기를 읽기 전에 리지 할머니가 괜찮은지부터 확인했다.

경감이 토머스를 안심시켰다.

"숨소리가 일정하니까 그렇게까지 걱정하진 않아도 될 거야. 조금 있다가 깨어날걸."

토머스가 고맙다는 뜻으로 고개를 끄덕였다.

"그런데 새뮤얼 헤이즈가 누구지?"

토머스가 경감의 수첩을 바탕으로 알아낸 사실들을 자세히 설명해 주었다.

"어서 읽어 보고 진실을 알려 줘."

토머스는 새뮤얼 헤이즈가 휘갈겨 쓴 기록을 살펴보았다. 일기에는 시간순으로 짧은 메모가 적혀 있었다.

2005년 6월 15일

잊지 못할 날! 시애틀 대학교에서 학위를 받았다. 그것도 최우수 졸업생으로서! 부모님도 오셨다. 가슴 벅찬 행복! 파티를 열기로 했다. 파니도 이제는 나를 봐 줄까?

2005년 6월 16일

파니는 미식축구부 주장과 데이트를 하러 갔다. 열받아서 과음을 좀 했다. 파티가 끝날 즈음 한 남자가 다가오더니 나에게 일자리를 제안했다. 현실 같지가 않았다! 혀가 꼬부라져서 말도 제대로 나오지 않았는데, 키스 해링턴이라는 사람은 상당한 금액을 제시하면서 나보고 몬태나주에 있는 제약 연구소 파머코프에 들어오라고 했다. 술을 많이 마셔서 기억이 잘 나진 않지만, 그는 아직 개발되지 못한 뇌의 능력에 대해 쓴 내 논문에 깊은 감명을 받은 것 같았다.

2005년 6월 18일

연봉 계약 체결. 축배를 들어야겠다! 연봉 20만 달러에, 연구 설비도 마음대로 쓸 수 있다고 한다! 몬태나주 그레이트폴스로 가자! 신약 개발에 참여하게 될지도 모른다. 어쩌면 지금까지 불치병으로 통했던 질환을 치료할 방법을 찾아낼지도. 내가 오랫동안 꿈꾸던 일이다. 파머코프 같은 연구소에서 나에게 관심을 보이다니, 지금도 믿을 수가 없다……

2005년 6월 20일

직장을 처음으로 둘러봤다. 우리 연구소와 비교하니, 대학교 연구실은 애들 장난이지 싶다. 수십 명의 연구자가 기상천외하기로는 우열을 가릴 수 없는 프로젝트에 저마다 매달려 있다. 다들 명문대 출신이다. 내가 여기서 뭘 할 수 있을지 조금 의문이 든다.

2005년 8월 20일

비슷비슷한 나날들. 고액 연봉을 받을 만하다. 짧다면 짧은 기간인데 연구에 엄청난 진전이 있었다. 예산을 무한정 쓸 수 있으니 좋긴 좋구나.

2005년 9월 23일

입사한 지 석 달밖에 안 됐는데 벌써 성과가 나왔다. 파머코프의 방대한 표본 덕분에 비암호화 DNA, 과거에는 '쓰레기 DNA'라고 부르기도 했던 이 유전자의 일부를 활성화하는 성분을 분리해 냈다. 줄기세포에 실험해서 얻어 낸 결과는 가히 믿을 수 없을 정도다! 내일 대표를 만나서 보고하기로 했다.

2005년 9월 24일

키스 해링턴이 완전히 넘어왔다. 연봉을 올려 주겠다고 했다. 내 연구의 잠재력이 워낙 크기 때문에 산업 스파이가 넘보지 못하도록 파머코프와 별개로 내 연구소를 차려 주고 전권을 맡기겠다고 한다. 어서 그 새로운 직장으로 건너가고 싶다.

여기까지 읽고 종이를 넘겼다. 그 뒤는 없었다. 토머스는 이게 다냐고 소리를 지르고 싶은 심정이었다. 키스 해링턴은 그다지 흥미롭지도 않은 이 일기를 왜 읽으라고 한 걸까? 자신이 다른 사람들과 다른 이유를 마침내 알아낼 수 있을 거라 기대했건만……. 토머스는 실망감을 감출 수가 없었다.

"토머스, 괜찮아?"

토머스는 한마디도 할 수 없었다. 증오, 회한, 슬픔의 소용돌이가 온몸을 휩쓸었다.

"토머스!"

경감이 재차 소리쳐 불렀지만 토머스는 입을 꾹 다물고 있을 뿐이었다. 분노가 치밀어 올라 아무 생각도 할 수 없었다.

"토머스, 잘 들어. 지금부터 날 도와줘야 해. 기회가 오면 내가 주의를 딴 데로 돌릴게. 토머스, 듣고 있니?"

잠시 후 복도에서 무슨 소리가 들려왔다. 곧 리지 할머니도 깨어났다. 위험한 상황에 처한 사람치고는 의연해 보였다. 리지 할머니는 토머스에게 연민 어린 미소를 지어 보였다. 토머스는 이렇게까지 막막한 기분이 들기는 처음이었다. 복도에서 울리는 발소리가 점점 더 가까워지고 있었다. 아까 팀 경감에게 무슨 얘길 들었던 것 같은데……. 토머스는 중요한 말이었다는 생각에 서둘러 기억을 더듬었다.

이내 문이 열리더니 줄리아 과장과 키스 해링턴이 나타났다. 그녀는 꽃으로 위장해 먹잇감을 끌어들인 다음에 무자비하게 잡아먹는 사마귀를 연상시켰다. 자신의 특별한 능력을 써서 그 낯짝에 주먹을 날릴 수 있다면 좋으련만! 토머스는 빌어먹을 수갑 때문에 아무것도 할 수 없었다. 문득 경감이 한 말이 기억났다.

'기회가 오면 내가 주의를 딴 데로 돌릴게.'

토머스가 쳐다보자 경감이 고개를 끄덕였다. 키스 해링턴이 토머스에게 성큼성큼 다가왔다.

"안녕, 토머스. 이렇게 만나다니 반갑구나. 새뮤얼 헤이즈의 일기를 읽을 시간을 충분히 준 것 같은데, 어때?"

"아무 흥미도 생기지 않는 기록일 뿐이던데요."

"새뮤얼 헤이즈가 어떤 사람이었는지 이해하길 바랐는데…… 아쉽구나. 그 사람은 크나큰 야망이라고는 없는, 그저 젊은 이상주의자였지."

"마음에 들지도 않는 사람을 왜 채용했어요?"

"그 분야의 천재였기 때문이지. 그 친구의 논문을 읽으면서 감이 왔거든. 과연 단 몇 달 만에 비암호화 DNA를 활성화하는 혁명적인 방법을 개발하더군. 실험 결과, 보통 쥐보다 훨씬 강하고 빠르고 똑똑한 쥐가 탄생했어."

"그걸로는 부족했나 봐요?"

"토머스, 그 프로젝트는 내 평생의 역작이야. 전 재산을 거기에 투자했지. 직업 윤리를 다 지켜 가면서 연구했다가는 그 성분이 인간에게 미치는 효과를 살아생전에 내 눈으로 확인할 수 없었을 거야."

토머스가 머뭇거리며 말했다.

"내가 그 실험의 결과군요……?"

"그래, 거짓말하지 않을게. 너도 알 권리가 있으니까."

토머스는 치밀어 오르는 구역질을 애써 참았다. 키스 해링턴이 확인해 준 사실 자체는 그리 놀랍지 않았다. 그럼에도 충격에서 헤어날 수 없었다.

"샐리 스펠먼이 내 친어머니인가요?"

"그래."

"왜 하필 그분이었는데요?"

"왜 그녀가 아니어야 하지? 그냥 순전히 우연이었어. 대리모 역할을 할 여자가 필요했거든. 샐리는 친구들과 파티를 하고 집에 돌아가던 길에 내 부하들에게 납치됐을 뿐이야. 운이 나빴지."

"절 임신한 상태로요?"

"아니, 처음부터 끝까지 우리 식으로 실험을 진행했어."

"그럼 제 아버지는 누군데요?"

"익명의 정자 기증자."

토머스는 또다시 충격을 받았다. 어떤 면에서는 키스 해링턴의 정자가 아니라는 사실에 안도감이 느껴졌다.

"새뮤얼이 그렇게 감상적으로 굴지만 않았어도, 우리의 발견은 의학의 역사에 획기적인 전기를 마련했을 거야."

"감상이라고요? 내 친어머니를 실험실에서 탈출시킨 거 말이에요?"

"그래, 어떻게 알았는지는 모르겠지만 새뮤얼은 우리가 인체 실험을 하고 있다는 걸 알자마자 연구소에 불을 지르고 자신의 연구 결과를 전부 폐기했어. 그다음에 샐리를 데리고 도망쳤지. 샐리는 이미 양수가 터져서 당장 애가 나와도 이상하지 않을 상황이었고. 새뮤얼은 샐리를 구하려 했지만 결국 그녀를 죽게 만든 셈이지. 샐리가 우리와 함께 있었다면 안전한 환경에서 무사히 출산했을 거야. 우리는 오랫동안 네가 죽었을 거라고 생각했어. 그런데 그레이트폴스 경찰이 폐건물에서 샐리의 시신을 찾으면서 태아가 사라졌다는 걸 알았지."

토머스는 치밀어 오르는 분노를 애써 잠재우며 또박또박 말했다.

"그래서 2007년 6월 20일에 태어난 아이들을 전부 찾으려고 한 거군요? 왜 그렇게까지 해서 나를 잡아가려고 한 거죠? 예전에 개발한 방법을 다른 아이에게 써도 되잖아요?"

"새뮤얼이 죽은 뒤 우리가 예상했던 것 이상으로 어려움이 많았어. 연구소의 기밀이 세상에 공개될까 봐 급한 대로 처치했는데 금세 곤란한 상황에 부딪히고 만 거야. 우리 연구의 기반이라고 할 수 있는 활성 성분 비축분을 그렇게 확실하게 폐기했을 줄은 몰랐지. 물론 새 연구소에서 그 성분을 다시 만들어 봤지만 번번이 실패하고 말았어. 새뮤얼이 제조 과정의 결정적인 단계를 보고서에서 일부러 누락시켰기 때문이야. 원래 성분을 그대로 다시 합성하는 데는 끝내 성공하지 못했어. 그래도 일시적으로 인간의 기량을 보통 이상의 수준으로 끌어올리는 데는 성공했지. 하지만 내가 들은 바에 의하면, 네가 발휘할 수 있는 기량은 그 정도가 아니라던데? 넌 항상 다른 사람들보다 월등하게 빨랐을 거야. 그렇지 않아?"

"그럴지도 모르죠."

토머스가 심드렁하게 대꾸하자 키스 해링턴이 인상을 찌푸렸다.

"그래, 말하고 싶지 않을 수도 있지. 토머스, 난 너에게 해를 끼칠 마음이 조금도 없어. 우리는 함께 대단한 일들을 해낼 수 있거든. 인류를 위해 새 시대를 열자고……."

"내가 지금껏 경험한 바로는 당신이 부리는 사람들이 인류를 위해서 일할 가망은 없어요. 새뮤얼 헤이즈, 샐리 스펠먼, 그리고 내 부모님까지……. 얼마나 더 많은 사람이 죽어야 해요?"

"과학의 진보에는 늘 희생이 따르는 법이지. 우리가 연구한 것을 결국 다른 누군가도 발견하게 될 거야. 그건 불가피한 일이란다. 그러니까 먼저 발견했으면 누릴 만큼 누려야지! 세계를 이끄는 인물들이 돈을 싸 들고 몰려올 거야. 넌 평생 부족함이라곤 모르고 살게 되겠지. 네 또래 아이들이라면 누구나 꿈꾸는 인생이 눈앞에 펼쳐질 거라고! 토머스, 어떻게 생각하니?"

키스 해링턴이 득의양양한 미소를 지으며 말을 끝맺었다.

"당신은 재활용도 안 되는 쓰레기예요. 완전히 미쳤어요. 나한테서 부모님을 두 번이나 앗아 가 놓고 지금 그런 말이 나와요? 하늘이 두 쪽이 나는 한이 있어도 당신과 손잡을 일은 없어요!"

키스 해링턴의 얼굴이 갑자기 어두워졌다.

"전투력이 있어서 좋군. 하지만 네가 원하든 원하지 않든 네 세포들이 다 말해 줄 거야. 부모를 잃은 게 한이 되었다면 날 아빠라고 불러도 좋아."

"당신은 우리 부모님 발뒤꿈치도 못 따라가."

토머스가 차갑게 노려보며 대꾸하자 키스 해링턴이 대수롭지 않다는 듯이 웃었다.

그때 팀 경감이 불쑥 끼어들어 소리를 질렀다.

"줄리아, 아무리 아버지라고 해도 그렇지, 어떻게 범죄를 덮어 줄 수가 있어? 넌 경찰이잖아! 젠장."

줄리아 과장은 침묵을 지켰다. 자기 아버지처럼 거만한 표정을 짓기는커녕 경감의 모멸감 어린 시선도 겨우 견디고 있는 듯이 보였다.

"팀, 말하자면 복잡해. 나도 이런 상황을 원했던 건 아니야."

키스 해링턴이 줄리아 과장의 말을 끊었다.

"아니, 복잡할 것 없어. 줄리아는 내 딸이야. 해링턴 가문의 사람이지. 이 아이가 그레이트폴스 경찰서에 들어간 건 순전히 파머코프의 발전을 위한 일이었어."

그때 기운 없이 쓰러져 있던 리지 할머니가 기어 들어가는 목소리로 애원했다.

"제발 토머스에게 해를 끼치지 말아요……."

키스 해링턴이 킬킬대고 웃었다.

"너희가 어떻게 지금까지 버텼는지 신기해 죽겠다니까? 신통치 않은 족속들이 모여서 선방했어. 혈혈단신인 어린애, 반쯤 은퇴한 퇴물 경찰, 사지를 못 쓰는 장애인, 그리고 무덤에 한쪽 발을 걸쳐 놓은 노인네까지……. 당신이 그렇게 애원하면 뭐가 달라질 거라고 생각하나? 나도 여러분에게 개인적인 악감정은 없어. 비즈니스일 뿐이지."

살짝 열린 문틈으로 안톤의 얼굴이 나타났다.

"보스?"

"왜?"

"문제가 생겼습니다. 경찰들이 출동했어요. 입구를 막고 서 있는데 수가 아주 많습니다."

"너희가 상대하지 못할 정도야?"

"네, 약의 힘을 빌린다고 해도 저흰 고작 두 명인데……. 줄리아까지 합해도 세 명이고요."

키스 해링턴이 자기 딸을 쏘아보며 질책했다.

"미행당한 거 아니야?"

"그럴 리 없어요."

"지금 밖에 경찰들이 우르르 몰려왔다잖아. 줄리아, 너는 어린애를 챙겨서 나랑 움직인다. 라디에이터에 묶인 수갑은 풀어서 네 팔에 연결해. 저 녀석이 또 우리 손아귀에서 빠져나가는 꼴은 절대로 못 봐. 안톤, 한스를 경찰들에게 던져 주고 시간을 끌어."

안톤이 주저하는 기색을 보이며 대답하지 않자, 키스 해링턴이 날카롭게 물었다. 자기 말에 토를 달면 가만두지 않을 태세였다.

"무슨 문제라도 있어?"

"한스 혼자서 경찰들을 상대하라는 건 죽으라는 거나 마찬가지예요."

"그래서 내가 너희에게 헉 소리 나는 돈을 지불하잖아?"

"그건 그렇지만……."

안톤은 망설이다가 결국 귀에 꽂고 있는 송신기에 손을 갖다 댔다.

"한스, 우리 대신 경찰들에게 인사 전해 줘."

그러고는 팀 경감과 리지 할머니를 가리키며 물었다.

"저 둘은 어떡하죠?"

"죽여, 이제 쓸모없으니."

안톤이 윗옷 안주머니를 더듬어 총을 찾았다. 그러는 동안에 줄리아 과장은 토머스와 자신의 손목에 수갑을 채웠다. 이제 두 사람은 운명 공동체로 묶인 것이다. 토머스는 키스 해링턴을 힐끔 쳐다보았다. 그는 창밖을 보느라 다른 사람에게 주의를 기울이지 않고 있었다.

이윽고 안톤이 경감에게 다가가 총을 겨누었다. 그때 수갑에서 찰칵 소리가 났다. 토머스는 자신의 손목을 내려다보았다. 줄리아 과장이 수갑을 풀어 준 것이다. 빠르게 시선이 오갔다. 그녀의 눈에는 바닥을 알 수 없는 깊은 슬픔과 후회가 깃들어 있었다.

토머스의 눈에 희망의 빛이 돌기 시작했다. 손가락이 따끔따끔했다. 리지 할머니가 벽이 무너져라 큰 소리로 비명을 질렀다. 안톤과 줄리아 과장이 반사적으로 할머니를 쳐다보았다. 토머스는 온몸이 근질거렸다. 경감이 회벽에서 배관을 통째로 뜯어내더니 안톤에게 달려들었다. 곧 시간이 추상적인 개념으로 변했다. 시간을 자신의 뜻대로 주물러야 할 때였다.

토머스는 수세에 몰린 경감을 구하기 위해 달려갔다. 그러나 안톤이 벌써 방아쇠를 당긴 뒤였다. 총구가 불을 뿜었다. 이대로라면 경감은 가망이 없었다. 토머스는 총알 앞으로 달려갔다. 통증, 그리고 피. 뇌에 전달되는 신호들을 무시한 채 주먹을 쥐고 온 힘을 다해 휘둘렀다. 쉬지 않고 몇 번이나 그렇게 했다. 안톤은 토머스의 공격을 피하려고 용을 썼지만 아무 소용 없었다. 토머스가 훨씬 빨랐으니까. 마침내 안톤이 바닥에 쓰러졌다.

저만치에서 키스 해링턴이 달아나는 뒷모습이 보였다. 토머스는 서둘러 그를 쫓아갔다. 복도를 내달리는데 머리가 핑그르르 돌았다. 더는 자신을 통제할 수 없었다.

경감은 인상을 찡그리면서 정신을 수습했다. 고통스럽게 몸을 뒤틀어서 손목을 붙들어 맨 낡은 배관을 뜯어내는 데는 성공했다. 기회가 오면 바로 행동할 작정으로 몇 시간 내내 용을 써서 벽에 붙은 관을 조금씩 떼어 냈던 것이다. 바닥에 쓰러져 정신을 잃은 안톤에게 숨을 죽이고 다가갔다. 총부터 얼른 주워 들고는 옆구리를 세게 걷어찼지만 사내는 축 늘어져 아무 반응이 없었다. 줄리아 과장은 힘없이 벽에 기대어 앉아 있었다. 두 뺨이 눈물범벅이었다. 경감이 줄리아 과장에게 총을 겨누었다.

"줄리아, 스스로 수갑을 찬 뒤 열쇠를 내게 던져."

줄리아 과장은 시키는 대로 했다. 경감은 열쇠를 받아 주머니에 넣은 뒤 한쪽 구석에 있는 리지 할머니에게 갔다. 상태는 그리 나쁘지 않아 보였다.

"토머스가 어디로 갔는지 알아요?"

리지 할머니가 힘없이 고개를 가로저었다.

"아뇨, 갑자기 눈앞에서 사라졌어요. 증발이라도 한 것처럼……. 키스 해링턴이 도망치는 건 봤어요. 그 뒤로 그림자 같은 게 움직이는 걸 본 것 같긴 한데……. 모든 게 너무 순식간에 벌어져서 뭐가 뭔지 하나도 모르겠어요."

경감이 할머니의 어깨를 토닥이며 안심시켰다.

"걱정 말고 기다려요. 금방 돌아올게요."

경감은 등줄기가 쭈뼛하면서 식은땀이 났다. 죽다 살아났다는 실감이 들었다. 조금 전, 안톤이 자기를 향해 정면에서 방아쇠를 당기는 것을 분명히 보았다. 심지어 탄피가 옆으로 날아가는 순간, 악당과 눈도 마주쳤다. 그는 반사적으로 자신의 가슴을 손으로 감쌌다.

총알이 그 지점으로 날아와 심장을 꿰뚫었어야 했다. 그런데 지금 그는 멀쩡했다. 안톤이 그토록 가까운 거리에서 표적을 놓칠 리도 없지만, 벽에도 총알 흔적이 없었다. 그렇다면 이 피는 다 뭘까? 어디서 이렇게 마룻바닥이 흥건하도록 피가 흘러나왔을까? 혹시 토머스가 자기를 대신해 총을 맞은 걸까?

"토머스, 대체 어디에 있는 거니?"

경감이 소리쳐 불렀지만 침묵만이 돌아올 뿐이었다. 나무 사이로 바람이 스치며 지나가는 소리밖에 들리지 않았다. 텅 빈 복도 바닥에 몇 미터 간격으로 핏자국이 남아 있었다. 경감은 그 불길한 표시를 따라가려 애썼다. 그러나 썩어 나뒹구는 잡동사니 천지에 더께까지 들러붙어서 핏자국을 찾는 것조차 쉽지 않았다. 결국 흔적을 놓쳤다. 리지 할머니를 적들 속에 남겨 둔 것도 마음에 걸렸다. 사내가 깨어나면 어쩌지? 경감은 마지막으로 주위를 한 번 더 둘러보았다.

현장으로 되돌아가 보니 이미 지원 병력이 도착해 있었다. 놀런 서장이 크게 안도하며 경감을 바라보았다. 진심이 느껴지는 눈빛이 얼마 만일까? 서장 주위에 무장한 대원들이 대기하고 있었는데, 그중 체격이 가장 건장한 사람의 등에 솔이 업혀 있었다.

"팀, 네가 멀쩡한 걸 확인하니 이제야 좀 살 것 같아!"

"나도 마찬가지야."

솔이 큰 소리로 외쳤다. 경감은 기쁘면서도 토머스를 찾지 못해 씁쓸한 기분을 지울 수 없었다. 리지 할머니가 비틀거리며 다가와 경감의 팔을 붙잡고 물었다.

"토머스는요?"

"흔적이 끊어졌어요. 피를 많이 흘린 것 같은데……."

솔이 소스라치게 놀라 물었다.

"토머스가 다쳤어?"

"응, 칼자국이 나에게 총을 쐈는데 토머스가 그 앞으로 뛰어든 것 같아."

솔이 서장에게 말했다.

"들었죠? 토머스를 꼭 찾아야 해요!"

서장이 고개를 끄덕이며 외쳤다.

"부상을 입은 소년을 찾는다! 꾸물대지 말고 얼른 움직여!"

경감이 목소리를 낮추어 덧붙였다.

"키스 해링턴이 도망쳤습니다."

"우리가 아직 체포하지 못한 거라고 봐야지."

서장은 이렇게 대꾸한 뒤 줄리아 과장에게 다가갔다.

"솔에게 자초지종을 다 듣고 나서도 난 이게 무슨 고약한 농담인가 했어."

줄리아 과장은 쏟아지는 시선들을 견딜 수 없어서 고개를 푹 숙이며 죄송하다는 말만 기계처럼 되뇌었다.

몇 시간 동안 수색이 계속되었으나 딱히 별 진척이 없었다. 어떤 곳은 잘못 건드렸다가는 당장 무너질 것처럼 아슬아슬했다. 서장은 어둠이 내려앉자 일단 철수를 지시했다. 명백한 사실을 인정해야만 했다. 키스 해링턴은 이미 이곳을 빠져나갔으며, 토머스 핸들도 자취를 감추었다.

경감이 솔의 휠체어를 밀어 차로 향하면서 문득 생각났다는 듯이 물었다.

"솔, 그런데 여기를 어떻게 찾았어?"

"놀런 서장에게 부탁해서 줄리아의 핸드백에 초소형 위치 추적기를 달았어. 그런 다음에 줄리아를 일부러 도발해서 자기 패거리와 합류해 너희를 찾아가게 한 거야. 정체가 드러나면 차와 휴대폰은 바로 버릴 것 같았거든. 섣불리 미행을 붙이는 것도 위험했고. 만약에 우리가 뒤쫓는다는 걸 눈치챘다면 여기로 오지 않았겠지. 하지만 핸드백까지 버릴 것 같진 않아서 그렇게 한 거야."

다음 날, 솔은 요양원에서 벌어진 포커 판 앞에 앉았다. 사람들이 그를 혼자 두려고 하지 않아서였다. 그들의 친절에 가슴이 뭉클했지만 마냥 기뻐할 수만은 없었다. 토머스가 걱정되어 속이 답답하고 괴로웠다. 어젯밤은 한숨도 자지 못했다. 토머스는 무사히 도망쳤을까? 아니면 키스 해링턴이 부상을 입은 그 아이를 어딘가로 끌고 가서 기어이 목적을 달성했을까?

"솔 브리검 씨?"

솔이 고개를 번쩍 들었다. 로즈가 그에게 봉투 하나를 불쑥 내밀었다. 거기에는 솔의 이름이 큰 글씨로 또박또박 쓰여 있었다.

"안내 데스크에 이게 놓여 있었어요."

"누가 두고 갔는지는 모르고요?"

"네."

리지 할머니가 간호사에게 봉투를 받아서 뜯어 주었다. 안에서 골무처럼 생긴 금속 조각이 나왔다. 리지 할머니가 눈빛으로 묻자 솔이 조심스럽게 대답했다.

"총알이에요. 탄피에서 떨어져 나왔는데 상태가 완벽하네요."

리지 할머니가 눈살을 찌푸렸다.

"이해할 수 없네요. 키스 해링턴이 보낸 거 아니에요? 협박 같은 건가?"

솔의 입가에 미소가 떠올랐다.

"리지, 당장 나를 병실로 데려다줄래요?"

리지 할머니가 휠체어를 밀고 가면서 이런저런 질문을 퍼부었지만 솔은 아무 대꾸도 하지 않았다. 그리고 병실 앞에 도착해 문을 여는 순간, 그들은 동시에 안도의 한숨을 푹 내쉬었다.

"토머스!"

리지 할머니가 안으로 들어와 토머스를 덥석 끌어안았다.

"오! 하느님, 감사합니다! 너, 괜찮니? 얼마나 걱정했다고! 머리는 왜 이래?"

토머스가 붕대를 감은 이마를 손으로 살짝 쓸었다.

"괜찮아요, 할머니. 걱정하지 마세요."

"나도 널 안아 주고 싶다만, 웃는 얼굴로 대신하마."

솔이 말하자 토머스가 성큼성큼 다가가며 물었다.

"그럼 제가 대신 안아도 돼요?"

솔이 고개를 끄덕이자 토머스가 허리를 숙여 그를 꼭 껴안았다. 리지 할머니는 다른 사람들에게도 알려야 한다고 호들갑을 떨며 병실에서 나갔다. 토머스가 웃으면서 그 모습을 바라보았다.

"할머니가 좀……."

"제정신이 아닌 것 같지?"

"네, 그래도 귀여워요."

"맞아."

"아저씨를 다시 보니까 참 좋네요."

"나도! 그러니까 결국 키스 해링턴이 널 잡지 못했나 보구나."

"아뇨, 제가 그자를 잡지 못한 거예요. 거의 다 잡았는데 갑자기 머리가 핑 돌더라고요."

토머스가 이마를 집게손가락으로 가리켰다.

"머리에 예상보다 큰 충격을 받았나 봐요."

"대체 팀을 어떻게 구한 거야?"

"음……, 위기 상황에서는 제 능력이 더 강하게 올라와요. 그렇게 강렬한 기운은 난생처음 느껴 봤어요. 칼자국이 총을 쏜 순간, 제 안에서 쓰나미 같은 게 올라왔어요. 시간이 거의 멈춘 것 같다고 해야 할까요? 총알이 서서히 경감님의 가슴으로 날아가는 걸 보고는 손으로 총알을 잡아서 치워 버렸어요."

"말도 안 돼. 그렇다면 부상은 어쩌다 입은 거야?"

"갑자기 정상 속도로 돌아오니까 통제가 안 되더라고요. 벽에 튀어나온 배관에 머리를 세게 부딪쳤어요."

"그래서 피를 흘린 거구나."

"네, 까딱 잘못했다가는 머리통에 관이 박힐 뻔했지 뭐예요? 그래도 운이 좋았어요."

"얼마나 걱정하고 가슴 졸였는지 몰라. 다들 네가 그 건물 어딘가에 쓰러져 있을 거라 생각했거든."

"키스 해링턴을 쫓아 숲으로 뛰어갔는데, 한참 달리다 보니 다리에 힘이 풀렸어요. 그대로 정신을 잃었고요. 아침에 깨어나 보니 하수도에 쓰러져 있더라고요. 일단 그곳에서 나와 폐교 현장을 지키고 있던 경찰들에게 갔어요. 그들이 이마의 상처를 치료해 주고 여기까지 데려다줬고요. 혹시 키스 해링턴의 행방은 알아냈어요?"

"아니, 서장이 체포 영장을 받아서 전국에 수배를 내렸지만 희망적이진 않아. 그쪽은 자금과 인맥이 어마어마할 테니 벌써 해외로 도주했겠지……."

토머스는 땅이 꺼져라 한숨을 내쉬었다.

"그자가 감옥에 들어갔으면 좋겠어요. 또 용병을 사서 절 추적하지 않는다는 보장이 없잖아요."

"그래도 당분간은 몸을 사릴 거야. 그의 거대한 제국은 무너졌고, 미국 전역의 경찰이 그를 잡으려고 혈안이 되었으니까."

"줄리아 과장은요?"

"체포됐지. 도주하려고 하지도 않더구나."

"그 사람이 제 수갑을 풀어 줬어요. 그러지 않았다면 지금 경감님은 이 세상 사람이 아닐걸요."

"그런 말은 못 들었는데……. 그래도 마음이 좀 풀리는구나. 어떻게 그 오랜 세월 동안 우리를 감쪽같이 속인 건지 지금도 믿을 수 없지만 말이야. 줄리아에게도 선한 마음이 남아 있었나 봐."

솔은 잠시 말을 멈추었다가 이어서 말했다.

"이제 사건이 모두 해결됐어."

토머스는 그와 맺었던 계약을 떠올리자 마음이 불편해졌다. 심장 박동이 빨라지면서 가슴에 뭐가 걸린 것처럼 숨쉬기가 힘들었다. 주머니 속에 손을 넣어 약통을 꼭 쥐었다. 약국에서 그걸 훔치던 때가 전생처럼 아득하게 느껴졌다.

"우리, 얘기 좀 해요."

"나랑 했던 약속 말이지?"

"네."

"나도 그 생각을 하고 있었어."

"전…… 도저히 못하겠어요. 아저씨에게 안 좋은 일을 한다는 생각만 해도 미칠 것 같아요. 우리가 서로를 잘 몰랐던 때랑 지금은 다르잖아요. 아저씨는 나한테 특별한 사람이에요. 세상에는 좋은 사람들, 믿어도 되는 사람들도 있다는 걸 가르쳐 줬으니까요."

솔의 눈이 반짝 빛났다. 토머스는 그 눈빛이 실망인지, 분노인지 알 수 없었다.

"아저씨, 미안해요."

토머스의 목소리가 마구 떨렸다. 감정을 주체할 수 없었다.

"토머스, 난 이제 죽고 싶지 않아……."

침묵이 내려앉은 방 안에 솔의 목소리가 가만히 울려 퍼졌다. 토머스는 잘못 들은 건가 싶어 눈만 끔벅였다. 솔이 온화한 목소리로 덧붙였다.

"널 만난 건 정말 오랜만에 내 인생에 일어난 행운이었어. 나는 앞으로도 내 발로 걷지 못하겠지. 내 힘으로 할 수 있는 것도 별로 없을 거야. 나는 예전의 삶과 작별해야만 하고, 그건 결코 즐겁지 않은 일일 테지. 널 만나기 전까지만 해도, 살아도 사는 게 아니었어. 나는 의학 기술이 껍데기만 살려 놓은 허깨비에 불과했단다. 그런데 널 돕기 시작하면서 스스로가 아직도 쓸모 있는 인간처럼 느껴졌어. 행복한 인간은 아니어도, 그냥 쓸모만 있어도 그게 어디야? 팀이 앞으로 하는 모든 수사에 나를 참고인으로 끼워 주겠대. 수사과장으로 승진했거든. 리지가 자료 읽는 걸 도와주겠다고 했고. 그리고 전동 휠체어를 지원받기로 했어. 나도 이제 사는 것처럼 살아 볼 거야."

토머스는 너무 기쁘고 벅차서 정신을 차릴 수 없었다.

"밤이 아무리 깊고 어두워도 횃불 하나만 있으면 길을 찾기에 충분하다……. 내가 슬퍼할 때마다 아버지가 해 주시던 말씀이에요."

솔이 활짝 웃었다.

"아버지가 좋은 말씀을 하셨구나. 네가 바로 나에게 그 횃불이었어."

토머스는 솔을 다시 한번 꼭 끌어안고 속삭였다.

"아저씨, 고마워요. 전부 다, 정말 고마워요."

리지 할머니는 로즈의 못마땅한 시선을 모른 체하며, 토머스의 무사 귀환을 축하하는 작은 파티를 마련했다. 사람들의 이목을 끌지 않으려고 노력하며 살아온 탓인지, 토머스는 친절한 사람들에게 둘러싸여 있어도 마음이 그리 편하지 않았다. 그렇다고 할머니의 제안을 거절할 수는 없었다.

리지 할머니가 오렌지주스를 벌컥벌컥 들이켜고는 팔꿈치로 토머스의 옆구리를 쿡 찔렀다.

"눈 좀 감아 봐. 깜짝 선물이 있어."

토머스는 약간 조마조마한 마음으로 눈을 감았다.

"됐어, 이제 눈 떠도 돼!"

눈을 떠 보니 앞에 재크가 서 있었다. 재크는 어쩔 수 없었다는 듯이 어깨를 으쓱했다.

"우아……, 널 다시 볼 줄이야!"

토머스가 어안이 벙벙한 얼굴로 재크의 가슴을 툭 쳤다.

"그동안 어떻게 지냈어, 제임스 본드 씨?"

재크가 능글맞게 웃으며 묻자 토머스가 이마의 붕대를 손으로 짚었다.

"보시다시피 비밀 요원 일도 이제 접어야 할까 봐. 영화에선 폼 나고 쉬워 보였는데……."

갑자기 까맣게 잊고 있던 기억이 불쑥 떠올랐다. 루시퍼! 폐가에 루시퍼를 처박아 둔 사실을 알면 재크가 자신을 죽이려 들지도 몰랐다.

"네 오토바이 있잖아. 내가 근처에 잘 둔다고 두긴 했는데……."

"됐어, 그게 뭐가 중요해? 있잖아, 네 덕분에 난 학교에서 완전히 스타가 됐어. 애들한테 이야기할 때 살짝 양념을 치긴 했지만. 다들 날 친구의 목숨을 구하기 위해 지구대 유리문을 몸으로 들이받은 의리남으로 본다니까?"

둘의 대화를 잠자코 듣고 있던 솔이 끼어들었다.

"토머스, 학교 얘기가 나와서 말인데…… 단비로 돌아갈 생각이니?"

토머스는 잠시 생각해 보더니 고개를 가로저었다.

"아니요, 그 마을에는 부모님의 비극을 떠오르게 하는 게 너무 많아요. 지금까지 그레이트폴스 주위에서만 살았으니까 좀 더 넓은 세상을 만나고 싶어요. 멀리 가게 되면 엽서 보낼게요."

"사실 전부터 물어보고 싶었는데 그럴 겨를이 없었구나. 너는 부모님이 그렇게 이사를 자주 다니면서도 몬태나주에서 벗어나지 않았던 이유를 알고 있니?"

"저도 얼마 전부터 곰곰이 생각해 봤는데 잘 모르겠어요. 음, 새뮤얼 헤이즈를 다시 만날 가능성을 열어 두고 싶었던 게 아닐까요? 언젠가 제가 친부모님을 찾을 수 있도록……."

솔이 고개를 천천히 끄덕이며 토머스를 가만히 바라보았다. 두 사람은 아무 말 하지 않아도 서로의 마음을 느낄 수 있었다.

잠시 후 솔이 큰 소리로 외쳤다.

"제가 먼저 잔을 들 수 없어 유감입니다만, 우리 토머스의 새로운 앞날을 위하여 축배를 드는 게 어때요?"

그러자 모두가 한목소리로 외쳤다.

"토머스의 새로운 앞날을 위하여!"

토머스는 벅찬 감동에 목이 메었다. 이런 엉뚱한 장소에서 가족 같은 사람들을 만나게 될 거라 누가 상상이나 했겠는가? 그때 해롤드 할아버지가 토머스의 손에 키홀더를 쥐여 주었다.

"이게 뭐예요?"

"넓은 세상을 보고 싶다면 이동 수단이 있어야지. 조금 있으면 운전면허를 딸 수 있다지? 내 중고 폭스바겐 콤비를 너에게 주마. 나는 이제 차를 운전할 일이 거의 없을 것 같거든. 마침 그 차가 다시 유행이라던데? 빈티지라나, 뭐라나?"

"제가 이걸 어떻게 받아요……?"

"괜찮아, 받아도 돼."

그러자 곁에 있던 맥스 할아버지도 토머스에게 또 다른 키홀더를 건넸다.

"이것도 받아 두렴. 벤튼 호수 근처에 있는 내 통나무집 열쇠야. 우릴 보러 올 때마다 거길 숙소로 쓰려무나."

토머스는 쏟아지는 눈물을 막을 수 없어 고개를 푹 숙였다. 리지 할머니가 토머스의 어깨를 토닥이며 봉투를 하나 건넸다.

"우리가 조금씩 모은 거야."

"저한테 너무 과분한 선물이에요. 어떻게 감사드려야 할지……."

토머스는 할머니의 품에 안겨 엉엉 울었다. 도저히 참을 수가 없었다. 하지만 그건 희망의 눈물이었다. 가까스로 마음을 진정시킨 뒤 솔의 옆으로 돌아갔다. 다들 뷔페에서 음식을 가져다 먹으며 이야기를 나누었다. 토머스는 평화로운 오후의 풍경을 물끄러미 바라보다가 입을 열었다.

"부모님이 세상에 없는데 이렇게 파티에 와 있다니 기분이 참 이상해요."

"아마 그 기분은 평생 갈 거야. 그냥 그것조차 끌어안고 사는 법을 배우는 수밖에 없어."

"언젠가 익숙해질까요? 그런 날이 올지 모르겠어요. 참, 팀 경감님은요? 고맙다는 인사를 꼭 하고 싶었는데……."

"팀은 못 와. 며칠 휴가를 냈어."

"너무 아쉬워요."

## 다시 만난 두 사람

멕시코 플라야 파라이소. 키스 해링턴은 서류철에서 고개를 들고 기지개를 쭉 폈다. 고운 모래 해변으로 밀려드는 파도가 보였다. 바닷바람이 조금 불었지만 햇살은 따뜻했다. 야자나무 잎사귀들이 바람에 스치며 살랑살랑 춤을 추었다. 그는 다시 서류를 읽기 시작했다. 새 연구소는 어디에 세우는 게 좋을까? 돈만 있다면 멕시코야말로 파머코프의 참담한 몰락을 딛고 일어설 수 있는 기회의 땅이 될 수 있을 성싶었다. 다행히 은행의 비밀 계좌에는 두둑한 자금이 있었다.

폐교에서 탈출한 날로부터 2주일이 지났다. 안타깝게도 줄리아는 미국 북부에서 가장 고약하기로 소문난 교도소에 수감되었다. 그러나 키스 해링턴은 조금도 슬프지 않았다. 그에게 가장 중요한 사람은 지금 카리브해에서 최고로 아름다운 해변의 덱 체어에 널브러져 있는 자기 자신이었으니까…….

그는 새로운 생산 기지의 후보지들을 꼼꼼하게 살펴보았다. 그때 종이 위에 그림자가 드리웠다. 눈앞에 웬 거구가 서 있었다. 머저리에게 호통을 치려다가 상대가 처음 보는 사람이 아니라는 걸 깨달았다. 무척 당황했지만 얼른 평소의 거만한 태도로 돌아왔다.

"경감을 여기에서 보게 될 줄은 몰랐는데……, 길이라도 잃으셨나?"

"며칠 휴가를 받았거든."

"그레이트폴스에서 멀리도 오셨구먼."

"당신이 할 말은 아니지."

키스 해링턴은 경감의 거침없는 말투와 위압적인 태도가 불편했다. 그러나 주위에 관광객이 많다는 사실을 의식하며 마음을 조금 놓았다. 경감이 이 많은 사람들 앞에서 완력을 쓰거나 할 것 같지는 않았다. 마음을 다잡고 경감을 매섭게 노려보았다.

"내가 겁먹을 것 같나?"

"내가 왜 당신을 겁주고 싶어 할 거라고 생각하지?"

"당신은 여기에서 아무것도 못해. 내가 소리 한번 지르면 호텔 보안팀이 달려와 당신을 내쫓을 테니까."

"그래서 아무 걱정이 없으시다?"

"나는 지금껏 인생이 선사한 뛰어난 두뇌라는 선물을 잘 써 왔어. 당신 같은 사람들은 당황스럽겠지만 사실이 그런 걸 어쩌겠나? 나는 빠져나왔고, 결국 이겼어. 당신네가 졌다고."

"좋을 대로 생각해. 그런데 내가 당신이 그렇게 쉽게 빠져나가게 내버려 둘 거라고 생각하나?"

"자네는 미국 경찰이고, 여기는 멕시코야. 내가 원치 않는 행동을 할 수 없다는 뜻이지. 그러니까 더 이상 성가시게 굴지 말고 몬태나주로 돌아가. 자네가 좋아하는 싸구려 마카롱이나 처먹으라고."

"내 걱정은 넣어 둬. 그런데 돌아가기 전에 내가 여기에 혼자 오지 않았다는 말을 하고 싶군. 닐 클라크, 느낌 오지?"

시애틀 마약 밀매업계의 큰손 이름이었다. 키스 해링턴은 어찌나 당황했던지, 거만하기 그지없던 태도가 순식간에 누그러졌다.

"그, 그 사람이 여기에 왔다고?"

"부하 몇 명을 대동하고 직접 행차하셨지. 화가 많이 났더라고? 금값을 주고 무슨 약을 샀는데 물건은 받지도 못했다나? 내가 그쪽 전문가가 아니라서 잘 모르겠어. 난 단것만 좋아하는 별 볼일 없는 경찰이고 머리도 그리 좋지 않거든. 뭐, 사업가들끼리 합의를 잘 보길 바라."

경감은 그렇게 말한 뒤, 해변과 이어져 있는 특급 호텔을 가리켰다. 해변이 끝나는 지점, 거대한 관광 단지의 입구에 세 명의 남자가 서 있었다. 키스 해링턴이 그쪽으로 고개를 돌리자 그중 한 명이 손을 번쩍 들어 보였다.

키스 해링턴의 눈에 공포의 빛이 떠올랐다. 그가 미친 사람처럼 부르짖었다.

"이건 아니지! 닐 클라크는 피도 눈물도 없는 악당이야. 당신은 경찰이잖아! 경찰이 이런 짓을 해도 돼?"

경감은 짧게 자른 턱수염을 잠시 쓰다듬더니 마지막으로 한 마디를 남기고 뒤돌아섰다.

"토머스 핸들과 줄리아를 대신해서 인사를 전하지. 오늘 하루 잘 보내게."

## 토머스 신상 파일

**첫판 1쇄 펴낸날** 2022년 6월 10일
**2쇄 펴낸날** 2022년 10월 27일

**지은이** 다비드 무아테 **옮긴이** 이세진
**펴낸이** 박창희
**편집** 김수진 **디자인** 김선미
**마케팅** 최창호 **회계** 양여진

**펴낸곳** (주)라임
**출판등록** 2013년 8월 8일 제2013-000091호
**주소** 경기도 파주시 심학산로 10, 우편번호 10881
**전화** 031) 955-9020, 9021 **팩스** 031) 955-9022
**이메일** lime@limebook.co.kr **인스타그램** @lime_pub


ISBN 979-11-92411-02-6 44860
979-11-951893-0-4 (세트)

* 잘못된 책은 구입하신 서점에서 바꾸어 드립니다.
* 본서의 반품 기한은 2027년 10월 31일까지입니다.